I libri di Helga Schneider pubblicati da Salani

L'albero di Goe

Stelle di cannella

Heike riprende a respirare

La baracca dei tristi piaceri

Rosel e la strana famiglia
del signor Kreutzberg

« È bravissima Helga Schneider, come scrittrice e come persona. Come scrittrice è esemplare nella fedeltà ai propri temi, gli episodi salienti del proprio passato di bambina che ha vissuto la tragedia della Germania ».

Andrea Casalegno, *Il Sole 24 Ore*

La biografia di **Helga Schneider** è ampiamente nota, come i suoi libri: *Il rogo di Berlino*, *Porta di Brandeburgo*, *Il piccolo Adolf non aveva le ciglia*, *Lasciami andare, madre*, *L'usignolo dei Linke*, *Io, piccola ospite del Führer*. Per Salani ha pubblicato, *L'albero di Goethe* (2004), *Heike riprende a respirare* (2008), *La baracca dei tristi piaceri* (2009) *e Rosel e la strana famiglia del signor Kreutzberg* (2010). Con *Stelle di cannella*, uscito nel 2002, l'autrice si è aggiudicata il Premio Elsa Morante ragazzi 2003. Nel 2010 le è stato conferito il Premio ANPI per essersi distinta «nel campo dell'editoria su argomenti attinenti l'antifascismo e i diritti umani».

Helga Schneider

STELLE DI CANNELLA

Romanzo

SALANI EDITORE

ISBN 978-88-6256-565-3

Per essere informato sulle novità
del Gruppo editoriale Mauri Spagnol visita:
www.illibraio.it
www.infinitestorie.it

Prima edizione: marzo 2002
Nuova edizione: maggio 2011

dal 1862
Gruppo editoriale Mauri Spagnol
Milano

www.salani.it

Il lupo dimorerà con l'agnello
e le spade verranno trasformate
in aratri.

Wilmersdorf, dicembre 1932

Una veemente nevicata aveva imbiancato i tetti delle tre case allineate come le perle di una collana: a sinistra, in rigoroso stile vecchia Germania, quella del poliziotto Rauch, a destra l'elegante villa dell'architetto Winterloh e nel mezzo la graziosa costruzione vagamente Jugendstil del giornalista Korsakov.

Quando la tormenta si fu calmata, David Korsakov e Fritz Rauch si precipitarono fuori per giocare a palle di neve. Le giovani schiene si curvavano rapide, le mani modellavano palle rotonde e sode e le lanciavano al suono di grida gioiose.

«Beccati questa, David!»

«E tu questa, Fritz!»

Una finì addosso al signor Rauch che stava giusto rientrando dal servizio.

«Monelli!» esclamò bonario agitando un dito guantato di pelle nera.

Era una persona stimata, il poliziotto Rauch, e al suo passaggio gli uomini del quartiere si affrettavano a levarsi il cappello. Aveva un animo sensibile. Un giorno aveva addirittura rischiato la vita per salvare un povero gattino. Bianca e soffice, la bestiola si rivelò femmina e fu adottata da suo figlio Fritz, che la chiamò Muschi.

Muschi diventò una gatta maestosa di singolare bellezza. Il suo pelo era più bianco del latte e i suoi occhi più azzurri del cielo più azzurro che si possa immaginare.

Il giornalista Korsakov, padre di David, era un uomo alto e imponente che incuteva soggezione e professava la fede ebraica. Nel rione era famoso per i suoi articoli graffianti che denunciavano con coraggio le deficienze della vigente democrazia repubblicana, soprattutto laddove colpivano gli strati più poveri e deboli della popolazione. E mentre i Rauch erano protestanti, Korsakov aveva sposato una vedova cattolica, Jutta, con una figlia di primo letto, Helene, che tutti chiamavano Lene. David, figlio di Jutta e Jakob Korsakov, nacque nella primavera del 1923.

Fritz Rauch e David Korsakov erano grandi amici. Avevano entrambi nove anni, frequentavano la stessa scuola e la stessa classe, dividevano il medesimo banco, e ognuno ammirava il padre dell'altro.

«David è mezzo ebreo» Fritz aveva sentito dire da suo padre una sera mentre erano a tavola, ma senza accenno di spregio.

«Sì, ma non sono ortodossi» aveva specificato sua madre.

«Che significa?» domandò il signor Rauch aggrottando la fronte.

Non si poteva dire che fosse un uomo colto.

«Significa che David e il padre non osservano strettamente le regole ebraiche» gli spiegò la moglie, che era invece molto istruita.

«Humm» mugolò Rauch, e come per compensare la sua ignoranza sparò la grande notizia: «Lene Korsakov e Adalbert Winterloh si sono fidanzati».

Adalbert era figlio del noto architetto Winterloh che abitava nell'elegante villa a destra di casa Korsakov.

La moglie del signor Rauch non parve stupita. «Prima o poi doveva succedere, si vogliono bene da quando sono bambini».

Nonna Rauch fece schioccare la dentiera e predisse, con la sua voce sempre un po' lamentosa: «Saranno una bella coppia, più bella di Hänsel e Gretel». Faceva confusione, era un po' svanita.

Molte altre cose si potrebbero raccontare sugli abitanti del quartiere di Wilmersdorf, dove la gente era speciale. Nonostante i tempi difficili, nessuno cercava di imbrogliare il prossimo. Il fruttivendolo non metteva cipolle marce in fondo al cartoccio, il macellaio non mischiava carne scadente all'impasto per le salsicce, i poveri erano meno poveri che in altri luoghi perché ci si aiutava l'un l'altro e in chiesa la scatola di latta delle donazioni era sempre piena.

Sembrava che tutti dovessero vivere per sempre buoni e sereni.

Adalbert Winterloh, che tutti chiamavano Berty, aveva una sorella, Vicky, molto amica di Lene.

Il padre dei ragazzi, che progettava ponti e prestigiosi edifici pubblici in tutto il Paese, era spesso assente da casa per molti giorni di seguito. E poiché era vedovo, il governo della villa e la cura dei due figli erano affidati alla signora Günther, la severa e fedele governante. Berty studiava medicina alla Università di Humboldt, Vicky invece aveva scelto architettura, decisa a calcare le orme del padre.

Non solo Lena faceva spesso una capatina a villa Winterloth, ma anche il fratellastro David.

Vicky e Berty erano per David quasi degli zii, gli volevano molto bene. Il ragazzo frequentava la villa come se fosse la casa di parenti stretti. Tuttavia, in cuor suo era geloso della sorella Lene. Ora che si era fidanzata con Berty non faceva che parlare di lui, ogni seconda parola era Berty, andava al cinema con Berty e a volte li osservava mentre si baciavano di nascosto, e allora dal dispiacere gli salivano le lacrime agli occhi.

Una sera Lene stava decidendo con la madre quale vestito indossare per andare a cena da Berty, quando si accorse che David la stava fissando con espressione cupa.

«Cosa c'è?» domandò stupita.

«Ormai vuoi bene solo a Berty» si lamentò il ragazzo.

«Non è vero» protestò la sorella. «A ogni modo, David, Berty è il mio fidanzato e si deve volere molto bene al proprio fidanzato, lo capisci, no?»

David abbassò il capo, si fissò la punta delle scarpe, infine brontolò: «Mi è rimasto solo Koks, non ho altri!» Koks era il suo gatto, nero come il carbone.

«Come puoi dire una cosa tanto ingiusta?» lo rimproverò la madre in tono severo. «E ricordati, l'ingratitudine è un peccato grave. Pensa a quanta gente ti vuol bene: il tuo amico Fritz, i tuoi genitori e tua sorella, e i giovani Winterloh che ti dimostrano tanto affetto». Gli occhi grigio intenso della madre guardavano dritti e seri nei suoi. David distolse lo sguardo e, imbarazzato, sbottò: «Vado un po' da Fritz».

La madre si addolcì. «Bravo, vai da Fritz, piccolo mio, purché tu abbia capito».

«Abbiamo fatto un pupazzo di neve» annunciò il ragazzo grattandosi la schiena sotto il pullover.

«L'ho visto dalla finestra» rispose la madre e già sorrideva. «Questa volta è venuto davvero bene».

«Nonna Rauch ci ha prestato il cappello del marito morto, Gustav Ro... Ro...»

«Gustav Roderich» gli venne in aiuto la madre. «Che Dio lo abbia in gloria. Era proprio un buon uomo».

«Be'... io vado» decise David, «ciao!» E uscì seguito dal fedele Koks.

Lene osservò: «Quel gatto sembra proprio la sua ombra. Sono inseparabili».

«Sì, David gli è incredibilmente affezionato» rispose la madre. «E viceversa. Koks non vede altri che David. A me concede un po' di attenzione quando si tratta di avere la ciotola piena, per il resto ha occhi solo per il suo padroncino, a meno che non compaia Muschi».

Lene ridacchiò. «Quando vede Muschi cammina a passo di leone, si gonfia come un tacchino e tuba come un colombo».

Sì, i due gatti erano la favola dei dintorni. Era un divertimento osservarli mentre si corteggiavano sul muretto che divideva la proprietà dei Rauch da quella dei Korsakov. Ed erano ferocemente gelosi l'uno dell'altra. Muschi diventava una furia se un'altra gatta si aggirava attorno al suo Koks, soffiava e dava zampate. E Koks era anche più violento. Pur di scacciare un rivale era capace di morderlo alla gola.

Quella sera, dopo cena a villa Winterloh, Berty e Vicky parlavano di politica. Il partito nazista stava svolgendo un'ossessionante opera di proselitismo nelle università ed entrambi ne erano infastiditi. Non trovavano nulla di buono e positivo in quel rozzo e brutale partito e Lene, che in genere non si interessava né di partiti né di politica, divideva i loro timori. Era molto legata al patrigno Jacob Korsakov e amava teneramente il fratellastro David, entrambi ebrei; se i nazisti avessero conquistato il potere avrebbero potuto avere problemi. Berty era quasi sicuro che Hitler ce l'avrebbe fatta, Vicky non ne era altrettanto certa.

«Se la Germania dovesse diventare nazista espatrierei» dichiarò Vicky trattenendo un brivido.

Anche Jakob Korsakov, sebbene non perdesse la speranza, era molto preoccupato e a giusta ragione, ma alla fine del gennaio 1933 la grande novità lo colse emotivamente impreparato.

Una sera Lene, che frequentava una scuola di moda e arti applicate, tornando a casa avvertì una strana atmosfera.

«Che succede?» domandò disorientata.

I suoi erano in cucina, con la minestra già nei piatti.

Mamma Jutta chiese a David con inconsueta durezza: «Ti sei lavato le mani, giovanotto?»

Lui la fissò stupito e mugolò: «Ma...»

«Di corsa!» fece la madre e lo spedì in bagno.

«Insomma, è morto qualcuno?» si informò Lene. «Ditemi qualcosa!»

«Non hai ancora saputo la notizia?» La madre era pallida, gli occhi grigi velati di apprensione.

«No, quale?»

«Hindenburg ha nominato Adolf Hitler Cancelliere».

Lene spostò lo sguardo dalla madre al patrigno e domandò turbata: «E in pratica cosa significa?»

«Significa che la Germania finirà presto di essere uno stato democratico e che gli ebrei cominceranno ad avere la vita difficile» rispose cupo il patrigno. E se lo diceva lui, che era giornalista, doveva essere vero.

Lene si sentì stringere il cuore.

«Cosa vi potrebbero fare?» chiese con voce tremula, ma in quel momento rientrò David e il padre preferì tacere.

Wilmersdorf, 1° aprile 1933

Quella mattina avevano trovato un pettirosso morto sul davanzale della cucina e, pieni di compassione, lo avevano seppellito. Poi Lene, come al solito, era uscita per andare a lezione. Ma emergendo dal metró a Nollendorfplatz sentì nell'aria qualcosa di inconsueto. La gente camminava frettolosa sui marciapiedi guardandosi ansiosa le spalle come se temesse di venire aggredita, per strada si alternava un frenetico viavai di vetture targate SA e SS, e grappoli di curiosi sostavano qua e là davanti ad alcuni negozi. Risalendo infine la Kurfürstenstrasse, a un tratto si rese conto di cosa stava succedendo. A casa aveva sentito accennare qualcosa da Jakob, ma non ci aveva creduto. E invece era vero: era la 'Giornata di propaganda antiebraica'.

Un groviglio di pedoni era fermo davanti a un grande negozio ebraico dalle vetrine frantumate. Sei uomini tra SA, SS e polizia ausiliaria presidiavano il posto, uno stava dipingendo su un frammento di cristallo la stella di David, altri due reggevano cartelli che intimavano alla popolazione di non servirsi dei negozi giudei perché 'l'ebreo è la rovina del commercio tedesco'.

Lene si era fatta largo fino alla prima fila e ora

scrutava i volti degli astanti. Vi leggeva stupore e perplessità, sdegno e disorientamento, ma talvolta anche soddisfatto consenso. E tutto a un tratto le venne in mente il padre di Jakob, il nonno acquisito, che insieme ai due figli maschi gestiva una specie di bazar dove si poteva acquistare praticamente ogni cosa, dalla spilla di sicurezza al sacco di carbone, dall'annaffiatoio alle giarrettiere da uomo. E, colta da un brutto presentimento, andò alla ricerca di una cabina telefonica per chiamare Simon al negozio e assicurarsi che tutto andasse bene.

Finalmente trovò una cabina, ma davanti c'era una lunga fila di persone in attesa. Probabilmente, pensò, anche le altre erano state prese d'assalto; meglio andare direttamente al negozio. Per una volta poteva anche saltare le lezioni.

Prese dunque di nuovo la metropolitana e scese a Courbière Platz. Ma mentre costeggiava il solido edificio in mattoni rossi delle Poste, davanti al quale una giovane madre stava solennemente sculacciando un bimbo urlante, a un tratto riconobbe l'automobile del patrigno che si stava infilando in un parcheggio. Aspettò che uscisse dalla vettura e, raggiuntolo alle spalle, gli infilò una mano sotto il braccio. Lui girò il capo e domandò stupito: «Cosa fai qui, piccola? Dovresti essere a scuola!»

«Hai sentito cosa sta succedendo ai negozi degli ebrei?»

Lui annuì con un'espressione grave e preoccupata. «Sì, è terribile. È scandaloso. Ma tu cosa fai da queste parti?»

«Volevo andare da tuo padre. Voglio molto bene

al nonno, anche se negli ultimi tempi l'ho visto poco. Voglio andare a vedere, Jakob. Sono così nervosa...»

Il patrigno esitava.

«Potrebbe essere un gran brutto spettacolo» la avvertì.

«Lo so» rispose lei. «Voglio andare, Jakob!»

«Faresti meglio ad andare a scuola».

«Ormai è troppo tardi» insistette Lene, agitata, «le lezioni sono cominciate da un pezzo».

Lui sospirò.

«La mia cocciuta figliola...» mormorò indeciso. Ma poi cedette e fianco a fianco si incamminarono verso il negozio dei Korsakov. Trovarono quel che temevano.

Una folla di curiosi si era raccolta davanti alle tre vetrine frantumate mentre le solite SA e SS reggevano cartelli recanti slogan antiebraici.

Jakob e Lene si precipitarono verso l'entrata ma furono prontamente trattenuti da una minacciosa SA.

«Dove credete di andare?»

«È il negozio di mio padre» dichiarò Jakob con voce rotta.

«Documento!» strillò l'altro. Jakob fu costretto a esibire un documento.

«E questa?» chiese la SA indicando Lene con la canna del mitra.

Jakob stava per rispondere, ma lei lo prevenne: «Sono sua figlia» dichiarò accennando al patrigno.

«Bella cricca di giudei» disse con sprezzo la SA sputando per terra. Volle un documento anche di Lene, che esaminò con espressione dubbiosa. Lei in effetti non somigliava per niente a Jakob, anzi, non avrebbe potuto essere più diversa soprattutto nel colore dei capelli e degli occhi. Ma era stata riconosciuta da Jakob e quindi portava il suo cognome.

«Gentaglia» sibilò la SA restituendo a Lene il documento e, facendo un cenno col mitra, li autorizzò a entrare.

Trovarono Simon e i due figli con gli occhi pesti e le facce gonfie per le percosse. Il negozio era a pezzi, la merce sparpagliata ovunque.

Jakob e Lene corsero incontro ai tre poveretti, ma mentre Lene abbracciava il signor Simon, commossa e sdegnata, una SA si avvicinò e cercò di separarli con la canna del mitra. Infine, strappando Lene dalle braccia del vecchio, sbraitò: «Smettila di frignare!»

«Cosa le importa se consolo mio nonno?!» protestò Lene.

«Chiudi il becco!» cercò di zittirla quello. Allora Lene fu percorsa da un'ondata di odio incontenibile.

«Cosa vuoi da me, imbecille?» gli ringhiò in faccia. Gli altri Korsakov guardavano in silenzio, allarmati.

La faccia della SA si contorse in una smorfia di stupore e collera. «Come osi?» urlò come un ossesso.

Lene lo guardò con disprezzo. «Io oso e come, siete dei bastardi!»

E, accennando al signor Simon, aggiunse con ira: «Con quale coraggio aggredite anche i vecchi? Delinquenti! Avete picchiato mio nonno. Anche i vecchi, vergogna! Bella forza ci vuole, fate schifo, siete solo dei miserabili vigliacchi!»

L'altro boccheggiò, letteralmente: «Come ti permetti, sporca ebrea? Prima di rivolgerti a me devi sciacquarti la bocca, maledetta puttana!»

Jakob e i fratelli fecero per avvicinarsi a Lene, temendo la reazione violenta della SA, ma quella chiamò in aiuto alcuni colleghi che li immobilizzarono.

«Bastardi anche voi!» Lene inveì contro gli uomini di rinforzo.

«Stai zitta, puttana ebrea!» gridò furente uno di loro.

«Puttana tua sorella!» Lene lo servì di rimando avendo ormai perso ogni controllo. La situazione stava precipitando.

La SA che Lene aveva insultato le si accostò, sputò in terra e la esortò con tono minacciosamente calmo: «Ripeti quel che hai detto di mia sorella».

Si era fatto un silenzio pesante, in cui filtrava il brusio della folla raccoltasi fuori dal negozio.

Jakob rivolse a Lene un'occhiata implorante. Nonno Simon aveva un'espressione di impotente terrore.

«Allora?» sibilò la SA dando a Lene una spinta in pieno petto.

E lei, malgrado lo sguardo ansioso del patrigno, rispose sparata: «Puttana sarà tua sorella!»

Allora l'altro, come fuori di senno, cominciò a colpirla col calcio del mitra, dovunque capitasse, con una furia cieca e bestiale. Ma all'improvviso si levò la voce di nonno Simon che gridava terrorizzato: «La smetta, lei non è ebrea! È solo una nipote acquisita, la smetta per l'amor del cielo...»

L'altro si arrestò come fulminato.

«Al diavolo, cosa stai dicendo, vecchio idiota?» aggredì nonno Simon.

Il pover'uomo ripeté tremante: «Non è ebrea».

La SA sbiancò.

«Schifoso giudeo, non potevi dirlo subito?» Aveva cambiato espressione: aveva malmenato un'ariana e poteva pagarla cara.

«È vero?» tuonò rivolto a Jakob. «Questa ragazza è solo la sua figliastra?»

«Sì, è solo la mia figliastra».

«Merda» mormorò l'altro e tese la mano guantata a Lene, che era scivolata a terra. «Si alzi... per favore». Storse un angolo della bocca in un accenno di sorriso imbarazzato, ma Lene aveva perso i sensi.

La veneziana era abbassata, la stanza immersa in una luce morbida e discreta. Quando Lene aprì gli occhi vide Berty accanto al letto. Un letto da ospedale.

«Che è... successo?» mormorò debolmente, con una smorfia di dolore.

Il fidanzato la guardò a lungo.

«Ora cerca solo di riposare» rispose infine con un tono che non gli era solito.

«Cos'è successo?» ripeté lei sommessa. Poi ricordò tutto. «È stato orribile, Berty... quelle SA... quella violenza...»

Inspirò a fatica, si sentiva debole e dolorante.

«Ma cosa mi hanno fatto, Berty?»

Lui esitò, il volto giovane dai lineamenti seri e gentili insolitamente cupo e chiuso.

«Berty...»

«Hanno dovuto asportarti la milza» finì col rispondere, riluttante.

Lene lo fissò sbigottita.

«La milza... oh, mio Dio».

«Credendoti ebrea quella SA ti ha rotto due costole, ti ha sfondato un dente e ti ha spappolato la milza» Berty elencò. E, non riuscendo a dominare l'amarezza, aggiunse: «Ed è tutta colpa tua, hai voluto passare per ebrea a ogni costo. Sei stata un'incosciente, hai voluto fare l'eroina e ancora mi chiedo a quale scopo». Lacrime rabbiose brillavano nei suoi occhi. «Ma d'ora in poi deve cambiare tutto, lo esigo. Ne ho abbastanza!»

«Cosa intendi?» chiese lei.

«Bisogna stare lontani dagli ebrei, ecco cosa intendo. Il governo non li vuole? Bene, noi non possiamo lottare contro i mulini a vento. Occorre evitarli, è l'unica soluzione».

«Ma io ho un padre e un fratello ebrei» si oppose lei, sconcertata.

«Dovrai evitare di mostrarti con loro in pubblico» decretò Berty. «E dovrai rompere i ponti con i tuoi parenti ebrei».

Lene stava per rispondere ma in quel momento si aprì la porta ed entrarono sua madre, Jakob e David. Il ragazzino, appena vide Berty, gli corse incontro: «Berty, Berty, sei stato tu a salvare mia sorella che stava per morire?»

Ma il volto dell'altro diventò di pietra.

«Tua sorella non stava per morire e tu non devi strillare, sei in un ospedale!»

Il ragazzo si irrigidì, poi si lanciò con trasporto verso il letto della sorella.

«Lene...» mormorò commosso, «come stai, Lene?»

Poi cercò di nuovo lo sguardo di Berty. «Non sei più mio amico?» domandò accorato.

Berty non rispose. Volgendosi a Lene disse in

tono distaccato: «Torno più tardi, cerca di non stancarti troppo». E uscì dalla stanza tra il generale sconcerto.

Circa una settimana dopo David fu espulso dalla palestra dove frequentava insieme a Fritz un corso di attrezzistica. Fu un colpo duro per i suoi genitori.

«Allora fanno sul serio» disse Jutta al marito, «e non risparmiano i bambini!»

David si mostrò per qualche giorno molto abbattuto, non aveva appetito e di notte si svegliava tormentato dagli incubi. Fu penoso. Allora Jakob gli costruì una magnifica capanna su una vecchia quercia e David ritrovò l'allegria. E c'era un'altra consolazione: Fritz senza l'amico David non si divertiva più in palestra e aveva rinunciato al corso, preferendo giocare con lui nella capanna. Era una capanna splendida, e a poco a poco i due ragazzi la arredarono di tutto punto. Da quell'eremo potevano osservare i dintorni, ad esempio vedevano cosa succedeva nel parco dei Winterloh e quale automobile percorreva il vialetto d'accesso per infilarsi nel grande garage della villa. A volte salivano anche Koks e Muschi e si acciambellavano in qualche angolo a fare un sonnellino, e il piccolo paradiso di David sembrava ripristinato. Cosa gli importava della palestra? Aveva l'amico Fritz e aveva Lene e i genitori che gli volevano bene, e la capanna e il suo giardino e Koks; della palestra poteva fare benissimo a meno. Aveva tutto il resto, lui. E la vita gli sembrava di nuovo bella.

Wilmersdorf, 1° maggio 1933

La gente di Wilmersdorf non si scompose troppo quando i nazisti organizzarono nel quartiere una 'Giornata del lavoratore'. La sera tutti si riversarono nel grande tendone allestito su un vasto terreno incolto, dove scorrevano fiumi di birra, si arrostivano montagne di salsicce e dove a un certo punto un tipo concitato tenne un comizio. Nella calca la gente lo ascoltò un po' distratta, molti avevano in mano un boccale ricolmo di buona birra tedesca.

Anche Jutta non si era molto scomposta; durante la giornata aveva curato il suo orticello, poi aveva preparato una torta di patate che piaceva tanto al marito e ai figli. Anche il giardiniere dei Winterloh non si era scostato dalle sue abitudini; aveva raccolto l'insalata e strappato molte erbacce dalle numerose aiuole di fiori, mentre la moglie del poliziotto Rauch aveva lavorato sodo di cesoia, rifinendo i suoi cespugli di tasso a forma di fungo, cono o piramide egizia.

Il giornalista Korsakov aveva trascorso ore agitate in redazione: correva voce che il governo intendesse sciogliere i sindacati liberi, cosa che si verificò l'indomani, quasi uno schiaffo dopo le ampollose parole spese il giorno prima per lo 'stimato e apprezzato' lavoratore tedesco. Korsakov aveva scritto un pezzo rovente su quel provvedimento antidemocratico, e come risultato il direttore lo convocò nel suo ufficio per raccomandargli maggiore diplomazia e moderazione.

Jakob tornò a casa furente e per la prima volta Jutta gli sentì dichiarare di voler abbandonare la Germania. «Non mi ridurrò mai a servo dei nuovi padroni!» gridò, e scomparve nel suo studio con un bicchiere di grappa.

Jutta non lo aveva mai visto così avvilito.

Alla depressione di Jakob si aggiunse quella di sua figlia. Lene era triste e abbattuta. Berty era cambiato, non lo riconosceva più. In principio si era illusa che col tempo il suo livore contro gli ebrei si sarebbe placato, o almeno affievolito, ma si sbagliava. Un giorno giunse a chiederle di non far andare David alla villa. Lei rimase di sasso.

«Parli sul serio? Te la prendi con un ragazzo innocente?» domandò, il cuore pesante di sdegno.

«Tento solo di evitare guai» rispose il fidanzato con quella sua nuova e insolita durezza. «Cerca di capire. Casa mia è frequentata da persone simpatizzanti con il nuovo governo, per cui non è il caso che un ragazzino ebreo...» Si arrestò, si schiarì la gola. «Insomma, David è così ingenuo! Al primo che glielo chiedesse direbbe candidamente di essere ebreo. Non è nemmeno capace di dire le bugie».

«Certo» replicò Lene, amara, «suo padre gli ha insegnato a non mentire e a essere orgoglioso della sua fede».

«Be', la sincerità pare non sia più una virtù in questo paese» commentò Berty cinico, «e tanto meno l'essere fieri della propria fede, specialmente se è quella ebraica».

Sì, era molto cambiato. Lene lo guardò con dolore: aveva perso il suo sorriso sincero, l'espressione vivace, usava termini aspri e polemici.

«Dici sul serio?» tornò a chiedergli Lene dopo una lunga pausa.

«Che David non deve più venire in villa? Sì, dico sul serio e per il bene di tutti».

A Lene tremarono le labbra.

«Sta bene» dichiarò in un tono a un tratto secco e rassegnato, «vuol dire che se non può venire mio fratello non verrò nemmeno io».

Berty si ammorbidì: «Non fare così... cosa c'entri tu? Cerca di essere ragionevole». Ma lei respinse la mano che voleva farle una carezza. «Sei un razzista!» gli gridò, infelice, «e da oggi non siamo più fidanzati».

Lui la guardò sconcertato, ma non batté ciglio.

«Come vuoi tu» rispose calmo, «e ora scusami ma devo studiare».

Lei tornò a casa e si buttò sul letto per abbandonarsi a un lungo pianto. Quando scese per cena aveva gli occhi gonfi e la faccia così stravolta che persino Koks la fissò pensoso. Più tardi ne parlò con i suoi, che però stranamente presero le parti di Berty. Era comprensibile, dissero, che si sentisse smarrito in un paese in cui erano stati invertiti tutti i valori; era giovane e inesperto, non c'era da stupirsi che si sentisse confuso e impaurito.

«Ha cacciato mio fratello dalla villa come se fosse un appestato!» Lene protestò furente.

«Non devi prenderlo come un affronto personale» commentò Jakob, pacato, «ma come una reazione irrazionale a un nuovo clima politico che lo disorienta. Come molti non sa ancora che pesci pigliare. E poi l'episodio nel negozio di mio padre e il tuo intervento... insomma, c'è di che essere infuriato e si può capire che senta il bisogno di difendersi, anche con durezza. Dagli tempo, tesoro».

«Devi restargli accanto» intervenne Jutta, «vi volete così bene. Per quanto riguarda David... sì, la decisione di Berty è grave, ma vedrai che cambierà idea. Diventerà più ragionevole ed equilibrato, devi solo avere un po' di pazienza».

Lene lasciò passare qualche giorno, poi tornò alla villa e si riconciliò col fidanzato. Restava l'ingrato compito di dire a David che 'per il momento' non poteva frequentare quella che, fin da piccolissimo, aveva sempre considerato la sua seconda casa. Vicky e Berty erano una sorta di zii d'elezione che gli avevano sempre manifestato molto affetto. Lene decise di ricorrere a una bugia. Disse a David che la cuoca dei Winterloh si era presa una malattia che, se avesse colpito un ragazzo, avrebbe potuto risultargli fatale, per cui era prudente che per qualche tempo evitasse di andare in villa.

Lui la ascoltò con molta attenzione, infine dichiarò, calmo e consapevole: «Lo so perché non mi vogliono più. Perché sono ebreo».

Un giorno Jutta, rientrando dal mercato, incontrò la signora Rauch che, anziché rispondere al suo saluto, volse il capo dall'altra parte e rientrò frettolosamente in casa.

Ne rimase turbata e poiché teneva ai rapporti di buon vicinato preparò un dolce e lo portò alla signora Rauch.

La vicina la accolse con insolita freddezza e, scorgendo il dolce nelle mani di Jutta, spiegò con voce petulante che purtroppo non poteva accettarlo perché la vecchia suocera era diabetica, il marito, il poliziotto Rauch, doveva dimagrire per via della nuova uniforme e allo stesso Fritz, alla Jungvolk, era stato rimproverato di essere troppo grasso.

«Jungvolk?» domandò Jutta stupita.

L'altra sgranò gli occhi: «Fritz non ve lo ha detto?»

«Che è entrato alla Jungvolk? No, non ce l'ha detto».

«Be', è una cosa recente» si giustificò la signora Rauch. «E ne sono ben contenta, sa. Diventerà più robusto, dimagrirà e gli leveranno quelle maniere da femminuccia. Mio Dio, signora Korsakov, fino a ieri il suo unico divertimento era giocare con David nella capanna e ingozzarsi con le sue merende! Lo so che lei gli offriva tutti quei dolcetti in buona fede, ma me lo ha fatto ingrassare di tre chili, si rende conto?»

«Perciò» riprese in tono affettato, «mi rincresce davvero e non vorrei che si offendesse, ma proprio non posso accettare il suo dolce. Potrà mai perdonarmi?» E accompagnò la vicina al cancello.

«In futuro non si dia tanto disturbo» concluse. «Arrivederci, signora Korsakov, non se la prenda!»

Jutta tornò a casa molto turbata ma decise di non parlarne al marito. Lui aveva già i suoi problemi, nei confronti dei giornalisti ebrei tirava un'aria...

Ma il suo malessere aumentò nel constatare che anche Fritz stava cambiando. Quello non ci voleva, per David sarebbe stata troppo dura un'altra delusione. Era molto attaccato a Fritz, non avrebbe sopportato di perderlo.

Purtroppo Fritz veniva sempre più di rado e malvolentieri a casa Korsakov adducendo come scusa i compiti, i lavori in giardino o gli impegni alla Jungvolk. Sì, il loro era diventato un rapporto stentato, aveva perso lo slancio originale, e David era sempre più preoccupato.

Una volta, nella capanna, Fritz si lasciò sfuggire: «Da quando ha preso la tessera del partito mio padre si è messo a odiare gli ebrei».

David sbiancò. «Allora odia anche me?»

Fritz corrugò la fronte: «No di certo, cosa dici? E poi tu sei ebreo solo per metà».

«Il nostro insegnante ha detto che è uguale» rispose David accorato, «non ricordi? Ha detto che essere mezzo ebreo è altrettanto grave quanto essere ebreo del tutto».

Fra i due ragazzi calò un imbarazzato silenzio.

«E tu?» chiese alla fine David con un filo di voce.

«Io cosa?»

«Anche tu odi gli ebrei?»

«Ma no» rispose l'altro, «per me sono tutte cretinate».

Però alla festa di compleanno di Fritz, David non fu invitato. Ferito, incredulo, salì sul muretto che divideva la proprietà dei Rauch da quella dei Korsakov per constatare che molti dei loro compagni di scuola erano stati invitati ma non lui, fino a poco tempo prima il migliore amico di Fritz. Come non bastasse, qualcuno dei ragazzi lo vide e lo indicò, strillando: «Ehi, chi si vede, il nostro compagno giudeo David Korsakov!» E tutti a guardare in alto e sghignazzare con quella dispettosa crudeltà di cui così spesso sono capaci i ragazzi. Cominciarono a lanciare sassolini e fra loro c'era anche Fritz.

La signora Rauch assistette alla scena senza intervenire.

Il giorno dopo Fritz Rauch chiese all'insegnante di spostarlo di banco e fu accontentato. Al posto che Fritz aveva occupato per tanto tempo accanto a David fu messo un altro alunno ebreo. In classe erano in tre: tre paria che l'insegnante teneva costantemente d'occhio, come se aspettasse l'occasione di poterli punire. E infatti li puniva sempre più duramente degli altri e regolarmente dava loro voti più bassi, sebbene loro cercassero di studiare più dei compagni.

La novità era che Fritz Rauch aveva costituito una banda che spadroneggiava in classe. Parlavano fra loro con slogan militareschi, si atteggiavano come soldati impietosi dinanzi ai quali i compagni dovevano tremare. E tremavano.

Un giorno durante la ricreazione Fritz fece accerchiare David per informarlo di un'altra novità: se Koks non avesse smesso di gironzolare intorno alla sua Muschi, disse con cattiveria, gli avrebbe dato una bella lezione.

Era ormai chiaro che Fritz lo detestava, anche se David non riusciva ancora a spiegarselo. Possibile che il suo migliore amico fosse diventato il suo nemico peggiore? Che cosa gli aveva fatto? David non si raccapezzava. Non poteva credere che fosse solo perché era ebreo. Fritz non aveva forse detto un giorno che per lui tutte quelle storie sulla razza erano solo cretinate?

«Mi hai sentito?» Fritz gli gridava sul naso, forte della presenza della banda pronta a difenderlo. «Se il tuo maledetto gatto non la smette di infastidire la mia Muschi ti giuro che gli faccio passare un brutto momento. Bada che non scherzo!»

Sì, questo David l'aveva capito, Fritz non scherzava più da quando sembrava posseduto dal diavolo. E ne parevano possedute anche sua madre e perfino nonna Rauch. La vecchia, quando volgeva lo sguardo verso casa Korsakov, sputava in aria mentre Oskar Rauch aveva ora uno sguardo pungente, carico d'odio e disprezzo quando incontrava uno dei Korsakov. David non capiva più il mondo.

Nella classe di David ormai erano sempre di più i ragazzi che entravano nella Jungvolk e raccontavano di marce a suon di tamburo, di esercitazioni campestri, gite sui laghi e canti sotto le stelle intorno ai fuochi del campeggio. Parlavano di cameratismo e amicizia, di premi e promozioni, si riempivano la bocca di strane parole come Stammführer e Jungvolkführer, Fähnleinführer. Loro erano i Pimpfe, i più piccoli tra i giovani nazisti, e avevano un giornalino tutto loro che si chiamava 'Jungvolk' e che era vietato ai ragazzi ebrei. Questi non avevano neppure il diritto di entrare nella Jungvolk, perché facevano parte di un popolo sgradito al Führer, per il quale i Pimpfe stravedevano. Molti di loro scrivevano letterine al Führer assicurando che da grandi volevano diventare soldati per difendere la patria da tutti i nemici che la insidiavano.

«Che Fritz Rauch sia entrato nella Jungvolk presenta almeno un vantaggio» disse un giorno Jutta, «ha meno tempo per farci dispetti». Effettivamente il tempo libero di quel piccolo demonio era molto limitato, tuttavia non la smetteva di escogitare cattiverie a spese dei suoi nemici Korsakov. Ormai includeva nel suo odio tutta la famiglia, tranne Lene, che era cristiana: la signora Korsakov perché aveva il torto di aver sposato un ebreo, David, figlio di giudeo, e naturalmente Jakob in quanto ebreo al cento per cento. E Koks perché fedele gatto di David.

Quando ad esempio era sicuro che in casa Korsakov non ci fosse nessuno, Fritz si introduceva nel loro giardino e strappava le verdure nell'orto, le calpestava, tagliava le rose di Jutta, bucava le gomme della bicicletta di David nella piccola rimessa o danneggiava il recinto. Rompeva qualche vetro delle finestre al pianterreno, metteva colla a presa rapida nelle serrature, spezzava i rami degli alberi da frutta, rubava le fragole e un giorno entrò perfino in cucina e rubò una magnifica torta alle ciliegie che la signora Korsakov aveva sfornato prima di andare allo zoo con David e il marito.

I Korsakov erano esasperati, ma cosa potevano fare? Denunciare Fritz? Impossibile, sarebbe stata un'impresa disperata. Oskar Rauch era ormai un uomo piuttosto potente, soprattutto da quando era membro del partito di Hitler, e chiunque avrebbe creduto a lui anziché ai Korsakov.

«Finirà che dovremo sempre restare a casa per custodire le nostre cose» si lamentava Jutta. In realtà si sentivano disarmati.

Anche Fritz in classe si vantava delle ore esaltanti trascorse alla Junvolk, ma David a volte lo osservava furtivamente dall'abbaino del solaio quando rientrava dal fine settimana zoppicando esausto, e notava che nei pressi del cancello si sforzava di assumere un contegno militaresco. Però David segretamente lo invidiava, senza confessarlo ai genitori. Perché lui non era degno di sperimentare la vita militare, di imparare a maneggiare un'arma, costruire una tenda da campeggio o cavarsela su un terreno impervio? Una volta domandò alla madre: «Perché non posso entrare nella Jungvolk? Cos'ho che non va?»

«Non hai nulla che non va, tesoro» cercò di tranquillizzarlo la madre.

«E allora perché?»

Cosa poteva rispondere? Che Adolf Hitler detestava senza ragionevole motivo gli ebrei? Che il nuovo governo era razzista e antisemita? Che il Führer riteneva gli ebrei dei subumani?

«Perché, mamma?»

«Ci terresti tanto?»

Lui esitò. «Sì» ammise alla fine onestamente.

La madre lo abbracciò stretto.

«Ascoltami, amore» disse poi scostandolo da sé, «ascoltami bene, David».

Inspirò, trattenendo le lacrime.

«Vedi» esordì, «molte cose che sembrano brutte hanno un lato positivo, e anche il fatto di essere ebreo ne ha uno».

«Quale?»

«Il fatto è, tesoro, che i ragazzi che il nuovo governo definisce 'ariani' sono considerati proprietà dello stato e del Führer e devono fare tutto ciò che viene loro comandato. Devono essere coraggiosi e forti, e non lamentarsi quando li fanno marciare per giornate intere; e non possono avere paura se qualcuno comanda loro di saltare in piscina da un trampolino di dieci metri o di nuotare, anche se hanno paura dell'acqua. E non hanno nemmeno più il diritto di essere ragazzi perché a loro non è permesso giocare. Devono diventare piccoli soldati pronti a morire per la patria».

«Ma non c'è la guerra» osservò David.

«È vero, ma non mi hai raccontato tu stesso che il vostro insegnante continua a dirvi che il mondo è cattivo e che gli altri popoli minacciano da ogni parte la Germania?»

«Sì, lo dice. Ed è vero?»

«No, non è vero, David».

«E allora perché lo dice?»

«Per abituare i giovani tedeschi all'odio e al militarismo. Così, se il Führer vuol fare una guerra, loro sono pronti a detestare il nemico e a ucciderlo».

David scosse il capo. «Non capisco».

Poi rifletté. «E quale sarebbe il vantaggio di essere ebreo?»

La madre tentò un sorriso incoraggiante.

«Vedi, tesoro, mentre Fritz Rauch è obbligato a fare il soldato, tu hai ancora il diritto di giocare, raccogliere figurine, leggere 'Max und Moritz' o travestirti da indiano e salire nella tua capanna».

«Ma sono solo, non ho nessuno che vuole salire con me nella capanna».

«Prima o poi troverai un altro amico» lo rassicurò la madre.

«No, non credo» rispose David sfiduciato.

«Io invece dico di sì» ribadì Jutta con un'espressione di disperato ottimismo.

Fritz Rauch lo aveva fatto circondare dalla sua banda.

«Senti, Korsakov» disse tracotante, «non ti avevo ordinato di tenere il tuo maledetto gatto lontanto dalla mia Muschi?»

David balbettò spaventato: «Io non posso farci niente se Koks...»

«Se Koks cosa?» strillò Fritz.

«Io non posso vietare al mio gatto...»

«Tu devi vietare alla tua dannata bestiaccia di importunare continuamente la mia gatta!» sbraitò Fritz isterico. «Hai capito?»

David annuì terrorizzato.

«Puoi andare» gli concesse Fritz con gesto imperioso. Ma mentre David si stava allontanando, gli gridò dietro: «Comunque sto preparando una bella sorpresa per il tuo stupido gatto, vedrai!» E la sorpresa non tardò.

Il giorno dopo un grosso operaio stretto in una tuta blu cominciò ad applicare in cima al muretto che divideva i Korsakov dai Rauch un doppio groviglio di filo spinato ancorandolo in un solido letto di cemento.

David seguiva l'operazione dall'abbaino dicendo a Koks: «Non potrai più incontrarti con Muschi sul muretto, poverino, perché stanno mettendo il filo spinato».

Koks lo fissò con i suoi grandi occhi verdi, la grossa testa nera inclinata verso una spalla, e sbatté indifferente le palpebre.

«Non ti interessa?»

Koks si diede una rapida leccatina, sbadigliò e si spostò in un angolo buio per veder di scovare un topo.

«Incosciente!» David gli gridò indignato.

Anche Jakob e Jutta Korsakov stavano osservando lo stupido lavoro dell'operaio.

«Non ci posso credere» sibilò Jakob fra i denti, «i Rauch devono essere impazziti».

«Sì, questo è certo» convenne la moglie. «Mi sono diventati antipatici, tutti i Rauch. Lo sai che la nonna quando mi vede in giardino fa gli scongiuri e mi grida strega?»

«Le hanno fatto il lavaggio del cervello» si rammaricò Jakob. «Povera vecchia. È diventata matta anche lei».

«Come vorrei abitare lontana dai Rauch» sospirò la moglie, «così non vedrei più le loro facce cattive».

«Non abiteresti più vicino a tua figlia quando sarà sposata» le rammentò Jakob.

«Hai ragione» ammise Jutta. Poi sospirò: «Oh, Jakob, non riesco a credere che la nostra Lene si sposi così presto».

«Anche a me sembra ancora una bambina» risposè il marito malinconico. «Com'è passato in fretta il tempo».

Diede un'ultima occhiata all'operaio dagli ispidi capelli rossicci che sprecava materiale ed energie per creare una barriera fra due gatti, e borbottando fra sé: «Idioti» tornò alla sua scrivania.

«Quando pensi che potremo partire per il lago?» domandò Jutta di lì a poco.

Avevano una graziosa casetta estiva sulla sponda del lago König in Baviera.

«Subito dopo il matrimonio di Lene» rispose il marito. «Non vedo l'ora. Tutti e tre abbiamo bisogno di staccare, rilassarci e prendere un po' di sole. E io spero di terminare finalmente il mio libro».

«Voglio farmi delle lunghe nuotate» aggiunse Jutta con aria sognante.

L'operaio aveva terminato fischiettando il suo insensato lavoro e ora in cima al muretto correva un doppio intreccio di robusto filo spinato. Fritz Rauch ispezionò l'opera ghignando soddisfatto, e con un gesto beffardo invitò un invisibile Koks a salirvi. «Accomodati pure» sibilò maligno fra i denti.

Ma le cose non andarono secondo i suoi piani. Muschi un giorno spiccò un salto per oltrepassare il muretto e atterrare nel giardino dei Korsakov, ma sbagliò misura e piombò dritta sul filo spinato lacerandosi il ventre, tanto che per poco non morì dissanguata. Fu Jakob ad accorgersi per primo dell'incidente e, dopo essersi sincerato che in casa Rauch ci fosse solo la nonna, portò Muschi alla clinica veterinaria, salvandola in extremis.

In un primo momento sembrò che la lezione fosse servita sia a Fritz sia al padre poliziotto, il quale richiamò l'operaio per far togliere il filo spinato, spendendo il doppio di quanto gli era costato realizzare quel capolavoro di imbecillità. E quando Muschi ricomparve guarita, con una lunga cicatrice sulla pancia, i due gatti tornarono ai loro appuntamenti. Per qualche tempo Fritz li lasciò in pace, anche se probabilmente in segreto digrignava i denti. Ma la tregua durò poco e presto la sua mente maligna cominciò a pensare nuove malefatte.

La prima gli fu suggerita dalla certezza che Muschi si nutriva esclusivamente di latte e polmone di prima qualità. Testarda come tanti altri gatti, fin da piccola non accettava altro cibo a costo di lasciarsi morire d'inedia.

Così un giorno Fritz mescolò al contenuto di una scatola di cibo per gatti un potente topicida, poi allineò bocconcini di quell'insieme letale lungo la sommità del muretto. Conoscendo bene la sua gatta, era sicuro che non li avrebbe toccati mentre Koks, che Fritz immaginava ingordo e onnivoro, se ne sarebbe rimpinzato fino a cadere morto stecchito.

Koks invece non era né ingordo né onnivoro e mai avrebbe toccato cibo per gatti *in scatola*. Jutta lo aveva abituato troppo bene, cucinandogli ogni giorno pranzetti speciali con carne fresca, riso e verdure a cui aggiungeva vitamine per rendere più lucido il suo pelo. Quindi, sia Koks sia Muschi disdegnarono i bocconcini diabolici mentre purtroppo li gradirono i colombi dei Ratzkovitsch, vicini dei Rauch dal lato sud. Si presentò uno spettacolo penoso: i sei disgraziati volatili furono ritrovati stecchiti, rigidi come stoccafissi. I Ratzkovitsch, furenti, dopo aver fatto analizzare gli stomaci delle vittime denunciarono i Rauch trascinandoli in una causa che avrebbero vinto (il giudice era loro parente), e che sarebbe costata a Oskar Rauch una bella somma di denaro. Neanche questa volta Rauch imparò la lezione. Anzi, comprò al figlio un fucile a pallini come premio per aver vinto una gara di tiro al bersaglio alla Jungvolk.

Le scuole erano chiuse per le vacanze estive e Fritz, avendo molto tempo libero, si divertiva a sparare in giro colpendo uccellini, rane e tutto quello che gli capitava a tiro, compresa la nonna, che per poco non ci rimise un occhio. La vecchia dovette sottoporsi a un piccolo intervento chirurgico e da allora, appena scorgeva il diabolico nipote, strillava terrorizzata: «Vai via, assassino!»

Fritz però non dimenticava mai i Korsakov, specialmente l'ex amico David e il suo gatto, che continuava impunemente a frequentare la bella Muschi. Quel maledetto gatto ebreo era diventato un'idea fissa. Doveva morire. Anzi, tutti gli ebrei dovevano morire. E così un giorno, quando fu certo che nessuno lo vedesse, con la vernice nera Fritz tracciò sul marciapiede davanti al cancello dei Korsakov la scritta 'A morte gli ebrei'.

La prima a vederla fu Jutta, di ritorno dal mercato. Pensò subito che fosse opera di Fritz Rauch, il loro tormentatore.

Entrò in casa e riprese fiato, furente. Jakob era al giornale. David doveva essere nella capanna sull'albero, in una posizione dalla quale non si scorgeva il cancello, per cui non poteva aver visto nulla. Jutta non aveva dubbi su chi fosse l'autore di quello scempio. Tuttavia, riflettendoci, pensò che era meglio non gettare benzina sul fuoco, soprattutto non innervosire ulteriormente suo marito, e si limitò a cancellare la scritta. Ma quelle parole continuarono a martellarle in testa per il resto del giorno. 'A morte gli ebrei'! A tanto era arrivato un ragazzo di dieci anni; un ragazzino pieno d'odio, abbagliato da una propaganda insana. Povero Fritz, aveva la mente malata. Solo la sera si decise a parlarne con Lene, che nella sua stanza si stava preparando per andare a cena dai Winterloh. Vicky voleva presentare a lei e a Berty il suo nuovo ragazzo.

«Ho trovato la scritta 'A morte gli ebrei' sul marciapiede davanti al nostro cancello» le riferì la madre. «In vernice nera. Ho sputato l'anima per cancellarla».

Lene la guardò impietrita. «Mamma, è una cosa tremenda! Chi pensi che abbia potuto... no, non dirmelo».

«Io non ho dubbi» rispose la madre.

«Io quello un giorno lo strozzo» sibilò Lene. «Lo hai detto a Jakob?»

«No, era al lavoro e non volevo raccontargli dell'ennesimo affronto di quel...»

«Delinquente» completò Lene. «Puoi dirlo forte. Un giorno gli darò una lezione che ricorderà per tutta la vita. Hai fatto bene a non parlarne con Jakob, ha già tanti problemi al giornale. Che ne dici, mi metto il vestito coi fiorellini?»

La madre scosse il capo.

«A me sembra meglio quello scuro».

«Mi vuoi sempre seria come un'istitutrice inglese» protestò la ragazza. «No, metterò il vestito coi fiorellini».

«Ma perché mi chiedi sempre consiglio e poi fai il contrario?»

Lene stava già togliendo il vestito dall'armadio.

«Che c'è?» chiese poi notando l'espressione malinconica della madre.

«Non riesco a credere che tra poco ti sposerai e uscirai da questa casa».

«Ma non andrò lontana. Sarò sempre fra i piedi».

«Non sarà la stessa cosa come averti sotto lo stesso tetto. E poi, non so se Berty sarà molto contento che tu venga a trovarci tanto spesso...»

«Ho deciso che non me lo lascerò proibire» dichiarò Lene con aria bellicosa.

«Che altro c'è?» domandò poi, vedendo che Jutta non si era rasserenata.

«Non potevate aspettare ancora un po'?»

«Berty non vuole» rispose Lene con un sospiro felice. «Dal momento che siamo fidanzati, in luglio o tra due anni sarebbe la stessa cosa, no?»

Jutta annuì, ma non sembrava convinta.

Jutta aveva incaricato David di fare un salto all'edicola per comprare la sua solita rivista di giardinaggio e orticoltura. Lo vide tornare con i pantaloni strappati, la faccia pesta, le braccia coperte di graffi e botte; perdeva sangue dal naso.

«Chi è stato?» domandò quando ebbe ripreso fiato. Ma il figlio abbassò il capo e non rispose.

David, la bocca serrata e l'espressione corrucciata, non diceva parola, mentre la madre continuava a dire fra sé: «Maledetti. Maledetti!» C'entrava sicuramente quel diavolo di Fritz Rauch, ci avrebbe scommesso una mano. E probabilmente gli avrà intimato di non rivelare il colpevole, si disse, o, meglio, i colpevoli. Perché, ridotto com'era, i colpevoli dovevano essere più di uno!

Mentre la donna, con l'anima in pena, continuava a occuparsi del suo ragazzo, rientrò Lene. «Mamma!» si annunciò gridando, ma non ottenne risposta. Allora sporse la testa in tutte le stanze continuando a chiamare: «Mamma, dove sei?» Infine sentì un debole «sono nel bagno dabbasso...» Così poté rendersi conto dell'accaduto.

«Mio Dio, di nuovo!» sibilò fra i denti. «Chi è stato?»

Jutta le fece cenno di aspettare che finisse di medicare il figlio. Poi lo convinsero a stendersi sul divano nel soggiorno.

«Non vuoi dirci chi è stato, David?» chiese Lene, chinandosi teneramente su di lui.

Il ragazzino non rispose. Fissava la sorella con occhi sbarrati, stupiti e pieni di dolore, ma non aveva ancora versato una lacrima.

«Devi dircelo» Lene insisté dolcemente, accarezzandogli la fronte. «Chi è stato, amore mio?»

David esitò. Ogni tanto aveva moti di sofferenza che cercava di reprimere.

«Sei sicura che non dovremmo portarlo al pronto soccorso?» chiese Lene alla madre, che scosse il capo.

«Non ha nulla di grave, stai tranquilla». Da giovane il padre farmacista le aveva impartito nozioni di primo soccorso.

«Hai avvertito Jakob?»

La madre tornò a scuotere il capo.

«Ho preferito lasciarlo in pace, ha già tanti grattacapi...»

«Be', stasera sarà deliziato dalla notizia» commentò Lene asciutta. «Non se ne può più. Quei vigliacchi... quei maledetti vigliacchi». E, volgendo di nuovo lo sguardo verso il fratello: «Non vuoi dirci chi è stato, David?»

Lui si girò su un fianco con un gemito.

«Cosa ti fa male, tesoro?»

«Non è niente, Lene, niente...»

«Ma devi dirci chi è stato» lo incalzò lei dolcemente.

Dopo altre esitazioni, David si decise a parlare. I colpevoli erano Fritz Rauch e altri quattro ragazzi, tutti di Wilmersdorf.

«Lo sapevo!» sbottò Lene. «Sempre quell'imbecille, quel delinquente! E non ha nemmeno il coraggio di agire da solo, no, ha bisogno di quattro complici, quel mascalzone» ansimò.

Quando si fu un po' calmata domandò affettuosa: «E ora prova a dirci com'è successo, David, tesoro, fatti coraggio». Allora lui raccontò, lentamente, contraendo ogni tanto la bocca dal dolore.

Al ritorno dall'edicola lo avevano aspettato dietro la curva, in cinque lo avevano spinto nel fossato gridando «sporco ebreo!» e lo avevano percosso con pugni e calci, graffiando e sputando. Uno aveva anche un frustino. Alla fine del racconto David si girò verso il muro e si assopì.

«Gli farà bene dormire un po'» mormorò Jutta.

Lene era rimasta con lo sguardo fisso sul fratello, ma a un tratto buttò indietro le spalle e sibilò fra i denti: «Ora mi sentono».

La madre la guardò preoccupata: «Chi?»

«Lo so io!»

«Lene, cosa vuoi fare?» Vedeva le guance arrossate della figlia, segno di estrema irritazione, il volto alterato.

«Ora ci vado».

«Dove?»

«Dai Rauch».

«Lascia che ci pensi Jakob» implorò Jutta, ma la figlia ebbe un sorriso teneramente ironico:

«Ma no, mamma, Jakob è troppo civile!»

E già se n'era andata.

Fuori gravava una cappa di umidità, non si respirava. Oltre il cancello dei Rauch Lene vide la nonna che sgranava piselli seduta su una vecchia botte di birra rovesciata.

«Salve» fece Lene richiamando la sua attenzione.

L'altra alzò il capo, guardò verso il cancello, depose la bacinella per terra e si avvicinò.

«È venuta per rubare?» domandò cattiva.

«No» rispose Lene. «Fritz è in casa?»

«Se glielo dico, dopo va in farmacia a comprarmi la purga?» fu la rapida risposta. Gli occhi chiari e scaltri luccicavano speranzosi.

«Va bene, ci andrò» promise Lene. «Allora, Fritz è in casa?»

«Cosa vuole da quel demonio?» gracchiò nonna Rauch, con la dentiera che le crepitava in bocca come un motorino sgangherato. «Lo sa che per colpa sua per poco non ho perso un occhio?»

«Mi dispiace» rispose Lene in tono gentile. «Ma è in casa?»

«Purtroppo sì, quel mascalzone!»

«Avrei bisogno di parlargli. Può aprirmi il cancello?»

«È venuta per sgridarlo?»

«Qualcosa del genere».

«Per avermi quasi cavato un occhio?»

«Sì...»

«E perché mi mette le rane nel letto?»

«Cosa!?»

«E i ragni!»

«Fritz le mette nel letto rane e ragni?» Lene non poté fare a meno di domandare sdegnata.

«Altroché».

Nonna Rauch divenne piagnucolosa.

«Un tempo era bravo, il nostro Fritz» si lamentò, «aiutava in casa. Andava in cantina a prendere i crauti, pelava le patate, raccoglieva le ciliege. Ora le apro» concluse a sorpresa. «Ma dopo mi compra la purga?»

Lene promise di nuovo e il cancello si aprì con uno scatto.

«Grazie». Lene si era incamminata lungo il vialetto d'accesso piastrellato di schegge di marmo, quando vide il poliziotto Rauch uscire dalla porta di casa e piazzarsi minaccioso sotto il portichetto.

«Cosa vuole?» tuonò. «Mia moglie è dalla sarta, ma in ogni modo non intende parlare con nessuno dei Korsakov!»

«Io voglio parlare con suo figlio!» dichiarò Lene, brusca.

L'altro la fissò con quegli occhi blu un tempo buoni e ora così maligni.

«Friiitz?» domandò stiracchiando la vocale. «Non è in casa».

«Sua madre ha detto che c'è».

Rauch fece un gesto sprezzante.

«Oh, quella... mia madre parla a vanvera».

«Chiami suo figlio, per favore». Lene non mollava. «Lo so che è in casa».

«Non mi piace il suo tono, sa?» protestò Rauch con sussiego. «Dimentica che sono un agente di polizia!»

Si impettì. Era dimagrito. La nuova uniforme gli stava bene e gli avrebbe conferito un che di autorevole non fosse stato per quella sua espressione di stupida boria.

'Com'è cambiato' pensò Lene con stupore, 'è davvero irriconoscibile anche d'aspetto'. Ora portava i capelli biondi divisi da una meticolosa scriminatura molto bassa; probabilmente se li ungeva con la vaselina. Si era fatto crescere un paio di baffetti sotto il naso pronunciato, tanto da somigliare vagamente al Cancelliere Hitler. Era ridicolo.

«Non mi muovo da qui finché non avrà chiamato suo figlio» annunciò Lene in tono perentorio.

«Cosa gli deve dire di così urgente?» sbottò Rauch scrutandola con crescente livore.

«Voglio domandargli perché lui e i suoi amici hanno picchiato mio fratello».

L'uomo aggrottò le sopracciglia. «Non è vero» sentenziò. Tuttavia ringhiò: «Entri» precedendola in cucina. «La faccio entrare solo perché lei è cristiana, sia ben chiaro. Si sieda». Accennò a una sedia, che Lene rifiutò.

«Mi sbrigherò presto» rispose. «Ora chiami suo figlio, per favore».

L'altro la squadrò per un attimo con quei suoi occhi crudeli, e d'un tratto lanciò un fragoroso «Friiiitz!!»

Il figlio comparve dopo pochi secondi, fermandosi prudentemente sulla soglia e spostando lo sguardo da suo padre a Lene. Aveva un'espressione sciocca, con la bocca spalancata come per acchiappar mosche.

«Vieni avanti» lo invitò il padre.

Fritz avanzò, con lo sguardo ora vigile.

«È vero che avete picchiato il figlio dei Korsakov?» domandò Rauch, ma nella sua voce non c'era severità.

Fritz richiuse la bocca e si strinse nelle spalle.

«Sì» rispose con insolenza.

Era evidente che suo padre non gli ispirava nessun timore.

«E per quale motivo, figlio mio?» tubò il poliziotto. 'Lui invece' si disse Lene, 'ha soggezione del figlio perché è membro della Jungvolk. Che verme'.

Fritz alzò il mento con aria di sfida: «È per Muschi! Il gatto dei Korsakov non la lascia mai in pace, le sta sempre addosso e io non voglio. Non voglio che la mia Muschi venga continuamente infastidita da un gatto ebreo».

Lene incrociò lo sguardo dei suoi occhi chiari: era davvero quello il ragazzo che un tempo era il più caro amico di David? Gatto ebreo, poi, che idiozia.

«Ha sentito?» intervenne Rauch. «Una questione di gatti, solo una sciocca questione di gatti. Una roba fra ragazzini». Finse un sorriso divertito. «Lasciamo che se la sbrighino fra loro, non è meglio, signorina Lene? Si sa, i ragazzi si azzuffano, non ne farei una tragedia». E ammiccò con un'aria di idiota complicità. Lene perse le staffe.

«La chiama una questione di gatti, signor Rauch?» gridò stringendo i pugni. «A me sembra piuttosto una manifestazione di razzismo, e fra ragazzi oltretutto. È una vergogna!»

Riprese fiato. Stava sudando.

«E cosa insegna a suo figlio, vorrei sapere? Che è giusto farsela in cinque contro uno? Le sembra una cosa da insegnare a un ragazzo tedesco? Dove sono finiti i sentimenti come la lealtà e la correttezza? Davvero non si rende conto di come è cambiato suo figlio, signor Rauch? È forse diventato cieco e sordo?» Ansimava dall'ira.

L'altro la fissò con odio.

«Esca da casa mia prima che perda la pazienza» intimò.

Lene era stravolta dalla collera.

«Ho ancora qualcosa da dire al suo rampollo» rispose adirata e, ignorando l'espressione minacciosa del poliziotto, si rivolse a Fritz. «Apri bene le orecchie» gli disse e il tono era così tagliente che il ragazzo la fissò come ipnotizzato, «e cerca di non dimenticarlo! Se osi toccare ancora una volta mio fratello giuro che ti farò pentire di essere nato! E questo vale anche nel caso tu volessi di nuovo imbrattare il marciapiede davanti al nostro cancello con scritte offensive. Hai capito bene? Bada, io non scherzo».

Rauch le si lanciò contro.

«Come osa minacciare un minore in presenza del padre poliziotto? Si rende conto che potrei denunciarla?»

Lene allargò le braccia e rispose con un sorriso di scherno: «Si accomodi, lei non mi fa paura».

L'altro si morse le labbra, ma a un tratto cambiò tattica.

«Ma chi glielo fa fare, mi domando» sviolinò in tono melenso. «Lei, un'ariana così perbene che presto sposerà lo stimato Adalbert Winterloh... Vede come sono informato? Perché mettersi in urto con la gente a causa della sua parentela ebraica? Non si è ancora accorta che c'è solo da sporcarsi le mani?»

Lene sbiancò e ammutolì per un istante, ma subito si raddrizzò, si accostò rapidamente a Rauch e gli sputò fra gli occhi.

«Schifoso razzista!» disse con tutto il disprezzo che aveva in corpo, e stava per andarsene. Ma l'altro la trattenne per un braccio.

«E lei è un'ingenua e una sciocca» le gettò in faccia, e le torse il polso fino a spezzarlo.

Lene si sposò con il polso ancora ingessato. Naturalmente aveva dato una versione tutta sua dell'incidente, chiamando in causa la scaletta che portava alla capanna di David.

Cerimonia e successivo pranzo furono sontuosi come si addiceva all'unico figlio maschio del famoso architetto Winterloh.

Mentre Berty e Lene erano in viaggio di nozze, Jakob Korsakov partì con moglie, figlio e gatto alla volta del lago König per rilassarsi e prendere le distanze dalle incalzanti vicende della nuova Germania in febbrile rinnovamento. Hitler aveva fatto molta strada da quando, il 24 maggio del 1913, aveva varcato il confine con l'Austria per stabilirsi a Monaco di Baviera.

Ormai deteneva il pieno potere sia esecutivo che legislativo e le sedute del Reichstag somigliavano sempre più a una farsa. Il Presidente del Reich, Hindenburg, era stato ridotto a un fantoccio e la nazificazione e arianizzazione del popolo erano in pieno corso. I singoli Stati erano stati obbligati a conformarsi al governo centrale e gli organismi statali avevano subito drastiche epurazioni. La Gestapo aveva cominciato a terrorizzare i cittadini e molti oppositori del nuovo regime subivano spietate torture nei primi campi di concentramento allestiti in gran fretta dal nuovo potere.

La giustizia era stata 'riformata', gli ebrei ampiamente avvisati di come la pensassero su di loro i padroni del paese, e montagne di libri 'antitedeschi' erano stati bruciati sulle pubbliche piazze con l'entusiastico consenso di studenti e intellettuali. E mentre stava per essere siglato un Concordato fra la Germania e la Santa Sede a Roma, il nuovo governo aveva già pronta una legge sulla sterilizzazione forzata per prevenire la trasmissione di tare fisiche o mentali alle nuove generazioni. (Tuttavia, per non comprometterne l'approvazione, la legge sarebbe stata resa pubblica solo il 25 luglio 1933, a cose fatte).

Infine Joseph Göbbels, l'abile, astuto e ambizioso ministro della Propaganda, stava per accentrare nella propria persona il controllo della stampa, della radio, dell'industria cinematografica, dello sport, del tempo libero, del teatro, della letteratura e di ogni forma d'espressione artistica.

Jakob Korsakov stava per ricevere un duro colpo: il 23 luglio 1933 l'Unione scrittori del Reich si sarebbe allineata all'arianizzazione della categoria, togliendogli ogni speranza di veder pubblicato nella sua patria, la Germania, il libro che intendeva terminare durante le vacanze al lago.

Wilmersdorf, settembre 1933

Lene aveva ricevuto da Berty un dono di nozze particolarmente gradito: il finanziamento per un negozio di moda, suo antico sogno. E ora stava esplorando il centro della città alla ricerca di una sede adatta.

Era felice, Lene, la nuova vita la esaltava. Tutto era perfetto. Aveva sposato il ragazzo che amava da sempre, la governante dei Winterloh la trattava con affetto e riguardo, Vicky era diventata quasi sua sorella e lei avrebbe avuto un negozio tutto suo!

Berty, appena laureato, aveva cominciato il suo tirocinio all'istituto ospedaliero Charité e il lavoro assorbiva gran parte del suo tempo. Arrivava a casa la sera appagato ma esausto. Per sua moglie sarebbe stato davvero un bene avere in futuro un'attività capace di riempirle le giornate.

Vicky, dopo aver trascorso con il suo nuovo ragazzo un periodo di vacanza in Grecia, stava per riprendere gli studi di architettura; era allegra, bella e abbronzata.

Lene a volte si soffermava a una finestra o nel parco della villa per dare uno sguardo alla casa paterna, e ogni volta si stupiva di essere passata da un luogo all'altro senza patemi d'animo. Era come se vivesse lì da sempre, forse perché, a quanto ricordava, l'aveva sempre considerata una sorta di dépendance di casa sua. Solo quando vedeva David le si stringeva il cuore. E lui, quando la scorgeva nel parco dei Winterloh, guardava dall'altra parte. Lene ne era ferita, ma nonostante andasse molto d'accordo con Berty, non era riuscita a fargli cambiare idea sul fratello: David continuava a essere escluso da casa Winterloh. Tuttavia, paga e serena, Lene diventava ogni giorno più insensibile a quanto succedeva in casa Korsakov.

Verso metà settembre firmò il contratto per i locali del suo futuro negozio e quando l'architetto d'interni iniziò i lavori cominciò ad andarci ogni giorno, attirata come da una calamita.

Il negozio sarebbe stato ampio, con tre grandi vetrine e un arredamento raffinatissimo. La somma messa a disposizione da Berty – attinta alla quota di eredità ricevuta dopo la morte della madre, che con la sua carriera di cantante lirica era riuscita a mettere da parte una fortuna – permetteva di scegliere il meglio, senza badare a risparmi.

All'inizio Vicky, con le migliori intenzioni, aveva cercato di suggerire qualche idea sull'allestimento del negozio, ma si era inaspettatamente scontrata con la dura determinazione di Lene che voleva scegliere tutto da sé. Lene aveva accettato solo un consiglio: avvalersi di una collaboratrice raccomandata da Vicky, una trentenne dinamica, molto competente nel campo della moda, che si chiamava Heidemarie Klemmberg, ma voleva essere chiamata solo Heide.

Heide era energica, bruna; una bellezza un po'

mascolina messa in risalto da un abbigliamento di un'eleganza essenziale, basata su raffinati accostamenti di colori e accessori (questi ultimi per la maggior parte acquistati nei luoghi più disparati del mondo).

L'inaugurazione del negozio era prevista per la fine di ottobre e il nome era già pronto: Helbert's, tratto da Helene e Berty.

Purtroppo, anche nel nuovo anno scolastico – 1933-34 – David si era trovato nella medesima classe, e continuava quindi a essere quasi quotidianamente tormentato dalla banda di cui Fritz era l'indiscusso e malefico capo. Come se non bastasse, il nuovo insegnante, un tipo ancor più invasato e allineato del precedente, non interveniva mai a difesa di David e degli altri alunni ebrei, abbandonandoli implacabilmente alle angherie della banda, che imperava ormai indisturbata.

Un giorno David ritornò da scuola con il volto tumefatto e una chiazza di pelle nuda in testa, dove gli avevano strappato i capelli. Quella mattina l'insegnante aveva tenuto una sorta di lezione sulla razza, definendo gli ebrei parassiti che sfruttavano il popolo tedesco, si arricchivano con l'usura, insidiavano le bionde fanciulle nordiche, complottavano nella preparazione di una guerra mondiale e usavano ogni tattica per contaminare il nobile sangue ariano. Aveva concluso mettendo i ragazzi in guardia contro il cattivo ebreo, un pericolo non solo per la Germania ma per il resto del mondo ed esortandoli a diffidare di quell'insidiosa razza che, oltre tutto, era solo una specie di sottoprodotto dell'umanità.

Durante la ricreazione, sentendosi legittimati nei loro sentimenti di odio e avversione, i bulletti di Fritz Rauch avevano accerchiato i tre alunni ebrei malmenandoli peggio del solito. Questa volta, Jakob Korsakov non si rassegnò e, furente, il giorno dopo accompagnò David a scuola chiedendo un colloquio all'insegnante.

Questi si innervosì, cercò di sottrarsi, addusse la mancanza di tempo e altre scuse, ma siccome Jakob non mollava si vide costretto a farlo tornare all'ora dell'intervallo. Al suono della campanella Jakob puntualmente si ripresentò e l'insegnante – un tipo alto, snello, sulla trentina, faccia affilata e arcigna – gli fece strada verso la deserta e spoglia sala delle riunioni dove, su una parete dipinta di giallo limone, troneggiava un grande ritratto del Presidente Hindenburg.

«Faccia presto, ho solo cinque minuti» l'insegnante disse subito, sgarbato, e Jakob esordì senza indugi.

«Per prima cosa mi deve spiegare con quale diritto definisce mio figlio un sottoprodotto dell'umanità! Inoltre, per quale motivo permette che il suo alunno Fritz Rauch e la sua banda maltrattino sistematicamente mio figlio e altri due ragazzi ebrei della classe senza mai intervenire in loro difesa? Mi deve una risposta, e che sia convincente!»

L'altro lo aveva ascoltato con una smorfia di insofferenza.

«Ha finito?» domandò infine brusco.

«Sì».

«Bene. Ora le voglio mostrare una cosa» annunciò l'altro, chiaramente pregustando quello che stava per dirgli. «Forse non dovrei, sa, si tratta di una questione, diciamo, di una certa riservatezza. Ma voglio correre il rischio. Caro signore, intendo convincerla che proteste e lagnanze non attaccano. Capisce? Sono inutili, fiato sprecato. Ora guardi qui». E mise sotto il naso a Jakob un foglio che per tutto il tempo aveva stretto nella sinistra, come un'arma da sfoderare al momento propizio.

«Che cos'è?»

«Una lista. L'elenco dei miei alunni. Me lo ha chiesto niente di meno che il ministero della Pubblica Istruzione, non so se mi spiego. Stavo giusto per spedirlo al richiedente».

Jakob fissava la lista senza capire.

«Metta gli occhiali» suggerì l'insegnante.

Jakob sfilò gli occhiali dal taschino, se li accomodò sul naso e guardò meglio. E si rese conto. Tre nomi, tra cui quello di suo figlio, erano contrassegnati con un uncino rosso. Restituì il foglio e imponendosi la calma domandò: «Vorrebbe spiegarmi cosa significa?»

Gli occhi dell'altro lo fissavano crudeli. «Non capisce?»

«Non proprio».

«Sono stato invitato a segnalare la componente ebraica della mia classe» l'insegnante spiegò con un sorrisetto di sfida.

Jakob inspirò profondamente, il cuore aveva saltato un paio di colpi. «Vuol forse insinuare che il ministero stesso dà direttive circa il trattamento degli alunni ebrei nella...» cominciò, ma fu brutalmente interrotto.

«Io non insinuo proprio niente, caro signore! Pensavo solo che l'elenco potesse darle qualche indicazione».

«Quale?»

«Ad esempio, che il ministero della Pubblica Istruzione sta facendo un censimento dei ragazzi ebrei che frequentano le scuole pubbliche inferiori».

«E da questa informazione cosa dovrei dedurre?»

«Perché non prova a trarre le logiche conclusioni?»

«Lei si esprime per enigmi» protestò Jakob. «Non ha risposto a una sola delle mie domande!»

L'insegnante replicò con un sorriso di falsa cortesia: «Oh, mi dispiace, Korsakov, ma le basti la mia assicurazione: io mi attengo semplicemente alle direttive superiori».

«Direttive superiori su come discriminare la componente ebraica della sua classe? Vorrà scherzare, spero».

L'altro si sdegnò. «Stia attento a come parla. Come si permette? Apra bene le orecchie: nella mia classe non succede nulla che non sia didatticamente legittimo. Educare i giovani a essere fieri della propria razza, di quella nordico-ariana, si intende, e a diffidare di quelle estranee rappresenta la nuova frontiera dell'insegnamento tedesco, e lei non osi mai più venire qui a fare il disfattista».

«Disfattista?» ripeté Jakob, attonito. «Non le sembra di esagerare?»

«Sì, disfattista!» l'investì l'altro alzando la voce, «e

si consideri fortunato che non faccio rapporto al capocircoscrizione».

Infilò l'elenco in una cartellina e concluse arrogante: «Ora, se permette, avrei una classe a cui badare. Non voglio privare i miei alunni della mia presenza per tipi come lei che vengono a importunarmi senza motivo!» E con una spinta brutale lo cacciò fuori dalla porta.

Jakob, accecato dalla collera, tentò di rientrare, ma il verme aveva chiuso la porta a chiave. Allora levò i pugni e gridò con ira impotente: «Non finisce qui, glielo garantisco!»

Quando uscì dalla scuola si sentiva svuotato. Il tempo stava cambiando, sull'orizzonte si addensava un velo di nebbia opalescente, forse si stava preparando un temporale.

Camminò a lungo per strade mai percorse, il fiato mozzo, l'animo abbattuto. Era stato trattato come l'ultimo imbecille, come uno stupido e importuno seccatore che aveva l'assurda pretesa di immischiarsi nel sistema scolastico tedesco. Si accorse di avere sbagliato strada quando si ritrovò su un sentiero sterrato che portava verso un piccolo boschetto mai visto, e solo allora fece dietrofront.

Tornò a casa tremante di rabbia e frustrazione.

«Cos'è successo?» domandò la moglie allarmata. Non l'aveva mai visto così. «Non ora, Jutta» gridò lui, con gli occhi fuori dalle orbite, e andò in giardino a spaccare la legna. La donna capì che non era il caso di insistere e a malincuore uscì per qualche commissione.

Il cielo si era rabbuiato, effettivamente stava arrivando un grosso temporale. Al ritorno Jutta ebbe quella che ormai non era più una sorpresa, ma la riempiva di rabbia come la prima volta: 'A morte gli ebrei' in grandi lettere tracciate con la solita vernice nera sul marciapiede davanti al cancello.

In quel momento arrivò Lene di ritorno dal lavoro. «Mamma» gridò da lontano, ma non ottenendo risposta si avvicinò, e vide anche lei. «Dannazione!» imprecò. «Quello bisognerebbe accopparlo».

«Devo cancellare tutto subito» disse sua madre con aria angosciata. «Jakob non deve vedere... è già fuori dai gangheri».

«Cos'è successo?» domandò la figlia, sentendosi un po' in colpa per non essersi fatta viva da più di una settimana.

«Ancora non lo so» rispose Jutta entrando in fretta. Lene la seguì.

In casa trovarono David.

«Quando sei arrivato, tesoro?» domandò Jutta con voce affannata. Il ragazzino rispose che era circa un quarto d'ora.

«Non hai visto niente davanti al cancello?» Con aria allarmata David rispose di no. «Cosa c'era davanti al cancello, mamma?»

«Niente» tagliò corto lei, insolitamente brusca, e sussurrò a Lene: «Tienilo qua». Ma David seguì la madre a ruota. Jutta si precipitò nella piccola rimessa del giardino e si armò di acquaragia, stracci, spatola, cercando di non farsi vedere dal marito che stava ancora spaccando legna furiosamente.

All'improvviso sentì la mano di David sul suo braccio.

«Mamma...»

«Dovevi restare con tua sorella, tesoro».
«È stato di nuovo Fritz? Voglio dire... la scritta?»
«Sì, tesoro, l'ha fatto di nuovo. Ed è stato veloce... appena tornato da scuola».
«E perché papà spacca la legna?»
«Non l'hai salutato rientrando a casa?»
«No» rispose David, «mi ha fatto paura».
A Jutta si strinse il cuore. «Tuo padre non deve mai farti paura» rispose accorata, accarezzando una guancia del ragazzo. «Promettimelo. Oggi è solo molto nervoso e irritato e spacca legna per sfogarsi. Capisci?» Lo guardò afflitta.
Il figlio annuì, turbato ma fiducioso.
«Ora devo cancellare la scritta» concluse la madre.
«Ti aiuto, mamma» si offrì il ragazzino.
«D'accordo» fece lei. «Prendi l'acquaragia e uscendo cerchiamo di non farci scoprire da tuo padre».
Davanti alla porta si imbatterono in Koks.
«Maooo?»
«Psst!» David lo azzittì col dito sulle labbra.
Il gatto girò la testa a leccarsi un fianco e madre e figlio raggiunsero quatti quatti il cancello.
Qualche attimo dopo Jakob smise di spaccare legna e rientrò in casa, sudato ed esausto.
«Jutta?» chiamò. Non vedendola in cucina si affacciò in soggiorno dove trovò la figliastra.
«Ah, Lene» la salutò distratto. «Dov'è tua madre?»
«Se n'è andata un attimo fa» rispose lei, «forse aveva qualcosa sul fuoco».
«In cucina non c'è» lui obiettò, ma poi scorse la cartella del figlio. Parve sorpreso.
«Ma come, David è già tornato da scuola?» E con-

sultò, stupito, la pendola. «È tardissimo...» constatò, scuotendo il capo.

Per qualche istante patrigno e figliastra si guardarono incerti.

«Al negozio va tutto bene?» domandò infine Jakob. Ma aveva un'aria distratta.

«Benissimo».

Jakob non l'aveva neanche sentita. «Jutta, David, dove siete?» gridò aprendo la porta sull'anticamera.

Nessuna risposta. «Strano...» esclamò rientrando in soggiorno e mettendosi a camminare inquieto avanti e indietro.

«Mamma ha detto che hai spaccato legna per sfogare la rabbia» disse Lene dopo una pausa. «Che cos'è successo?»

«Ah, niente, niente» rispose lui arrestandosi, con un gesto di malumore.

«Non ti credo, ti conosco troppo bene. Qualcosa è successo di sicuro».

«E va bene» si arrese lui con un sospiro. «Sono stato alla scuola di David per parlare con il suo insegnante».

«C'era un motivo particolare?»

«A scuola lo tormentano!» proruppe Jakob. «Ieri è tornato a casa con la faccia gonfia, gli abiti a brandelli e in testa una chiazza senza capelli».

Lene si sentì riprendere dal rimorso per avere trascurato tanto a lungo la sua famiglia.

«E cosa ti ha detto l'insegnante?» domandò sommessa.

Il patrigno le gettò uno sguardo vuoto come se non avesse sentito. «Ma dov'è tua madre, insomma?»

chiese andando alla finestra. Scostò la tenda e allora vide madre e figlio indaffarati al di là del cancello.

«Dannazione» sbottò, e si precipitò fuori. Lene, dalla finestra, lo vide agitare i pugni verso casa Rauch, ma subito dopo l'uomo vacillò come se stesse per cadere. Lei corse dalla madre, e insieme sorressero Jakob, lo guidarono in casa e lo fecero stendere sul divano del soggiorno. Jutta gli somministrò un forte calmante, e di lì a poco lui si addormentò.

«Da quando li prende?» sussurrò Lene. «Intendo i calmanti».

«Da un po'. Gli stanno saltando i nervi. Chissà cos'è successo stamattina con l'insegnante di David, è tornato a casa stravolto. E ora di nuovo la scritta...»

«Un giorno» sibilò Lene con rabbia, «darò a Fritz una lezione che si ricorderà per tutta la vita».

«No, no» protestò ansiosa la madre, «non cacciarti di nuovo nei guai a causa nostra. Quella volta quel bestione di Rauch ti ha rotto un polso, vuoi che ti ammazzi?»

«Quel ridicolo bufalo non arriverà a tanto!» cercò di rassicurarla Lene con un sorriso.

«Non si sa mai, figlia mia» bisbigliò Jutta. «Quello è cattivo».

Lene l'abbracciò con uno slancio d'affetto. «Oh, mamma, mi dispiace tanto che abbiate tutti questi problemi. Ultimamente vi trascuro... sono diventata egoista».

«Non dirlo nemmeno» protestò la madre, «ora hai la tua vita e ciò che importa è che tu sia felice. E non tormentarti... Jakob e io ci rendiamo perfettamente conto che è per Berty che stai limitando le tue visite. Sappiamo che ci vuoi bene e ce ne vorrai sempre».

«Di questo potete stare sicuri» rispose Lene con un nodo alla gola.

Ci fu un attimo di silenzio, poi gli sguardi delle due donne tornarono a Jakob che dormiva apparentemente tranquillo.

«Pover'uomo» mormorò Jutta, «è sfinito, non ce la fa più. Ha i nervi a pezzi. La situazione politica, le cattiverie di Fritz Rauch, le preoccupazioni sul lavoro, le continue angherie contro tuo fratello a scuola, e noi che non possiamo proteggerlo... È tutto così avvilente e insopportabile, Lene, non so come andrà a finire».

D'un tratto Lene si guardò attorno. «A proposito, dov'è David?»

«Sarà in uno dei suoi rifugi preferiti» rispose la madre, «quando è afflitto per qualcosa si rifugia nel sottoscala o nella capanna sull'albero e Koks lo raggiunge sempre per consolarlo. Non ho mai visto un animale tanto affezionato al suo padroncino. È incredibile».

«Vuoi che vada a dirgli qualcosa?» domandò Lene. «Ho voglia di stringerlo fra le braccia, il mio fratellino».

«No, meglio di no: quando si isola desidera essere lasciato in pace. Ormai Jakob e io conosciamo le sue reazioni. Quando si rifugia nel sottoscala o nella capanna, l'unico essere che sopporta è Koks, e noi rispettiamo il suo comportamento. Tuo fratello comincia a darci serie preoccupazioni, Lene... ha un sonno agitato, soffre di incubi, è diventato inappetente e taciturno... Andava così d'accordo con Fritz, e adesso guarda quello come lo tratta».

«Se solo potessi avere la prova certa che l'autore di quelle scritte è Fritz» mormorò Lene fra sé e sé, «se solo potessi... aspetta».

«Che cosa vuoi fare?» domandò la madre, agitata.

«Torno subito» rispose la figlia, e corse fuori.

La vecchia Rauch era ferma sul vialetto d'accesso e guardava a bocca aperta per aria, attirata dal gracchiare di due corvi che volavano sulla loro proprietà.

«Salve!» fece Lene dietro il cancello.

L'altra abbassò lo sguardo e voltò la testa nella sua direzione. «Vada via!» ringhiò, cattiva.

«C'è qualcuno in casa?» domandò Lene con voce gentile.

«No!» strillò la vecchia. «Mia figlia ha accompagnato Fritz dal dentista e mio figlio è tornato in servizio. Ma perché lo vuol sapere? È venuta di nuovo per rubare? Mio figlio non vuole!»

«A mio fratello è caduta la palla oltre il muretto» mentì Lene, «sono venuta a prenderla. Mi può aprire il cancello?»

L'altra si avvicinò con piccoli passi nervosi.

«Se le apro dopo va in farmacia a comprarmi la purga?»

«Glielo prometto» rispose Lene. Poveretta, era fissata con la purga.

«Posso fidarmi?» la vecchia indagò con occhio sospettoso.

«L'altra volta forse non gliel'ho comprata?» chiese Lene in perfetta malafede.

«Davvero?» Lo sguardo vagava smarrito nell'oblio.

«Certo. Non se lo ricorda?»

Nonna Rauch era orgogliosa e non voleva passare per smemorata. «Certo che me lo ricordo» mentì. «Non sono mica diventata scema! E anche oggi» soggiunse, «andrà a comprarmi la purga se le apro il cancello?»

«Sicuro» garantì Lene.

Ci fu ancora un momento di esitazione, ma poi finalmente la vecchia fece scattare il chiavistello.

Lene entrò svelta nel giardino, ma come stava per oltrepassare la nonna, questa la trattenne per una manica.

«Ehi, dove va? Deve andare in farmacia!»

«Prima vado a prendere la palla» rispose Lene liberandosi con uno strattone, e proseguì sul vialetto, mentre l'altra le traballava dietro strepitando: «Dev'essere al rabarbaro! Lo dica al farmacista, al rabarbaro!»

«Sì, sì» fece Lene, e aggirò di corsa l'angolo della villetta puntando verso il piccolo capanno in fondo al giardino, sotto un paio di vecchi noci. La vecchia non aveva rinunciato a inseguirla ripetendo: «Dev'essere al rabarbaro! Assolutamente, al rabarbaro!» Tossicchiava, ansimava e replicava: «Al rabarbaro, ha capito?»

L'interno del capanno era buio, ma quando il suo sguardo si abituò alla penombra Lene riuscì a distinguere un tagliaerba, pale e rastrelli, una carriola, cesti, bottiglie di birra vuote, due biciclette, un annaffiatoio, confezioni di semenze e concimi, arnesi di falegnameria e di giardinaggio appesi alla parete, tubi di gomma arrotolati come serpenti e infine... infine un grosso barattolo con su scritto 'vernice nera'. Stava su una rozza mensola, accanto a una scatola di topicida e tre pennelli di diversa larghezza.

«Allora sei stato proprio tu, Fritz Rauch» disse Lene fra sé e sé, «ora ho le prove». Nonna Rauch nel frattempo strillava dalla porta: «La palla non è qui».

«Ha ragione» rispose Lene, «è meglio cercare in giardino». Staccò dalla parete un cacciavite, lo usò per sollevare il coperchio del barattolo di vernice, afferrò uno dei pennelli e uscì dal capanno.

«Cosa vuol fare con la vernice?» frignò la vecchia seguendola come un segugio. «Fritz non vuole e se lo scopre mi picchia!»

Lene si arrestò suo malgrado: «Come sarebbe a dire che la picchia?»

L'altra abbassò la testa sul petto.

«È uno della Jungvolk...» mormorò con voce incerta, «è diventato così cattivo. Lui deve lottare per la Germania e quando mette la camicia bruna diventa un diavolo».

«Cosa fa?» domandò Lene malgrado avesse fretta.

«Mi dice vecchia strega» rispose l'altra e le tremavano le labbra. «Dice che non servo più a niente e devo morire».

«Cosa?!»

«Sì. E mi picchia».

«Dice sul serio?»

«Sì, sì! Un giorno mi ha fatto uscire sangue dal naso».

«Ma, signora Rauch...»

«E se non so recitare le parole dell'*Horst-Wessel Lied* mi mette in castigo».

«Come in castigo?»

«In ginocchio in un angolo».

«Non ci posso credere» esclamò Lene. «Lo ha detto a suo figlio?»

Ma l'altra cominciò penosamente a cantare: «*Alta la bandiera... abbattuti a colpi di pistola... e poi al fronte...*» e grosse lacrime le scendevano sulle guance scavate.

«Allora è Fritz che usa questa vernice?» le domandò Lene per distrarla.

Due occhi sbarrati la fissarono: «Sì... ma non lo deve sapere nessuno».

Lene annuì: «Capisco». Le posò gentilmente una mano sulla spalla ossuta. «Mi dispiace che suo nipote la maltratti, dovrebbe dirlo a suo figlio».

«Ah, quello!» sospirò l'altra. «Neanche lui mi vuole più bene». Ormai bisognava affrettarsi, i Rauch e Fritz potevano tornare da un momento all'altro. E con la vecchia che le barbugliava alle spalle «non lo faccia... non lo faccia... se lo sa Fritz mi picchia... e quando mette la camicia bruna mi fa paura perché fa due occhi cattivi...», Lene scrisse sul marciapiede davanti al cancello dei Rauch: 'Rauch razzisti!' Lasciò barattolo e pennello lì accanto e salutò nonna Rauch: «Mi rincresce, ma adesso devo proprio andare». Poi rientrò a casa Korsakov.

La madre la accolse con aria preoccupata: «Dove sei stata?»

«Ormai sono sicura che è Fritz l'autore delle scritte» le soffiò Lene, «ma ora devo scappare, mamma, mi aspettano per pranzo. Ti chiamerò dal negozio. Dai un bacio a David». Ed era già sparita.

Quella sera alla villa avevano ospiti. Erano compagni di studi di Vicky e Kurt, il ragazzo di Vicky, antipatici, chiassosi, arroganti, che a tavola monopolizzavano la conversazione e parlavano di un unico argomento: il nuovo Cancelliere e il suo governo. Stravedevano per il Führer e approvavano senza riserve la sua politica razzista.

Berty era arrivato molto tardi e, dopo un saluto distratto, si era concentrato sul piatto. Lene invece non faceva che ripensare al barattolo di vernice trovato nel capanno dei Rauch.

D'un tratto si udirono voci concitate provenire dalla stanza attigua e improvvisamente piombò in sala da pranzo il poliziotto Oskar Rauch inseguito dalla governante, dalla cameriera e da un trafelato giardiniere che balbettando si scusava di non essere riuscito a fermare l'intruso. I commensali rimasero attoniti.

Berty si era alzato automaticamente da tavola. Oskar Rauch, in divisa, agitando le mani, strillava: «Sua moglie ha approfittato dell'ingenuità di una vecchia per introdursi in casa mia, rubare un barattolo di vernice e scrivere davanti al mio cancello 'Rauch razzisti'». Fissava Berty con occhi ardenti di sdegno.

Berty, riavutosi dallo sbalordimento, cercò di mantenere la calma.

«Si rende conto che questa è violazione di domicilio?» domandò con voce ferma.

«Così sua moglie e io siamo pari!» strepitò l'altro lanciando a Lene uno sguardo torvo.

«Si può sapere di cosa sta parlando questo energumeno?» chiese sottovoce Kurt a Vicky.

«Che ne so io...» mormorò lei di rimando.

Berty si girò verso Lene. «Potrei avere una spiegazione?» domandò seccamente.

«Glielo dica, dica a suo marito di cosa è capace!»

«Allora?» insisté Berty.

Tutti gli occhi erano fissi su Lene. Rauch scalpitava impaziente.

«D'accordo» si rassegnò Lene alla fine, «è vero».

Berty si accigliò. «Che cosa è vero?»

«Che sono andata a casa Rauch mentre c'era solo la nonna, che ho preso dal loro capanno un barattolo di vernice e un pennello, e che ho scritto 'Rauch razzisti' davanti al loro cancello».

«Cosa?» domandò Berty incredulo. «E per quale motivo?»

Lene trasse un profondo respiro e rispose decisa: «Perché lo sono. Sono diventati meschini antisemiti e da molti mesi ormai loro figlio perseguita e tormenta mio fratello e con lui mia madre, il mio patrigno e perfino un povero gatto!»

«Non è vero» sbraitò Oskar Rauch, e stava per lanciarsi contro Lene, ma alcuni ospiti balzarono in piedi per immobilizzarlo.

Anche Lene si alzò e aggiunse con voce rotta: «E il figlio di quest'uomo, che fa l'agente di polizia, insieme a quattro complici, ha picchiato a sangue mio fratello e per ben due volte ha scritto con la vernice nera 'A morte gli ebrei' davanti a casa nostra. E io stavolta ho scritto 'Rauch razzisti' davanti al loro cancello! Perché...» Ma la voce le morì in gola e, sentendo cedere i nervi, balbettò: «Scusate... scusatemi...» e abbandonò la sala.

Mentre Rauch veniva accompagnato fuori dalla villa, Berty raggiunse la moglie al piano superiore. Era bianco come un cencio e gli tremava la voce dallo sdegno. «Ora basta!» disse trattenendo la rabbia. «Ora basta, Lene! L'irruzione di quel volgare poliziotto è la goccia che fa traboccare il vaso. Ne ho fin sopra i capelli dei tuoi parenti ebrei, non ho più intenzione di tollerare seccature. D'ora in poi esigo che tu riduca al minimo i tuoi contatti con casa Korsakov e ripeto 'al minimo'! Mi hai capito bene? E ti conviene fare come dico se non vuoi che anche il nostro matrimonio si rovini per colpa dei tuoi parenti! Maledizione, Lene, abbiamo una posizione da difendere, cerca di capirlo una buona volta».

Lene scoppiò a piangere, sopraffatta da un senso d'impotenza; andò alla finestra e fra le lacrime guardò la sua vecchia casa. Com'era cambiato tutto in pochi mesi... tutti erano in qualche modo cambiati da quando comandavano i nazisti e i ragazzi di Wilmersdorf, i piccoli, come David e Fritz, o i grandi, come lei, Vicky e Berty, non erano più quelli del 1932. Tutti erano ormai stretti in una gigantesca, vorace morsa.

Wilmersdorf, fine ottobre 1933

Mentre da Helbert's si stava svolgendo il party di inaugurazione, con tanti invitati facoltosi e influenti, Fritz Rauch, con una pistola sottratta alla collezione di suo padre, sparò a Koks ferendolo gravemente. Solo la grande capacità e sensibilità del giovane veterinario Pilz riuscirono a salvarlo.

David ne fu straziato. Trascorreva ogni momento libero accanto alla cesta del suo unico amico, parlandogli con dolcezza per fargli sentire il suo affetto, ma per molti giorni Koks aprì solo di rado gli occhi vacui, in cui la fiamma vitale pareva spenta.

Furono tempi difficili anche per Jakob, che da un giorno all'altro aveva perso il posto al giornale. Era accaduto ciò che temeva da mesi: in quanto ebreo, era stato radiato dalla sua categoria e dalla sua professione. Fu un colpo durissimo che lo fece precipitare in uno stato di profonda depressione. Ma era un problema anche economico, perché ora poteva fare affidamento solo sull'anticipo dell'editore inglese che aveva acquistato i diritti del suo libro, in uscita a primavera. E nel frattempo?

Jutta dovette fare ricorso a tutta la sua forza d'animo per sostenere moralmente e affettivamente il figlio e il marito, mentre Lene sembrava rifuggire l'atmosfera cupa e sconsolata che regnava nella sua casa d'un tempo. La sua nuova vita movimentata e gratificante la assorbiva anima e corpo, rendendola sempre meno sensibile ai problemi crescenti dei Korsakov.

Un giorno, finalmente, mentre David accarezzava il suo Koks implorandolo di non abbandonarlo, il gatto a un tratto si mosse, alzò la testa, si leccò un fianco e salutò il padroncino con un flebile «miaooo». Il peggio era passato.

Nel frattempo Muschi aveva cercato disperatamente Koks. Come un'anima in pena lo aveva aspettato per ore e ore seduta sul muretto, chiamandolo con quegli strani mugolii che doveva aver inventato solo per lui. Del resto, per Muschi non esistevano altri gatti all'infuori del suo Koks. Erano la coppia più bella dei dintorni, lei così soffice e chiara, lui così nero e virile.

Poi, una mattina presto, Muschi venne a miagolare davanti alla porta dei Korsakov e il suo richiamo era così straziante che dovettero farla entrare.

Lei capì subito dove trovare l'amico: si diresse senza esitazioni, zampe di velluto e coda dritta, verso il vano sotto la scala, dove si mise ad annusare il suo ammaccato Koks.

Koks dimostrò di gradire la visita. Fece vibrare la punta delle orecchie, strinse le palpebre e quando lei gli leccò il muso all'improvviso cominciò a fare le fusa. Non aveva più fatto le fusa da quando Fritz Rauch gli aveva sparato! Era un annuncio di sicura guarigione.

Muschi tornò anche l'indomani e per molti giorni ancora, finché una sera non depose un topo morto sullo stuoino dei Korsakov. Intendeva presentarlo a Koks come dimostrazione della sua incrollabile fedeltà. I Korsakov non sapevano come comportarsi. Farla entrare col topo in bocca?

Risolsero di farla entrare col topo in bocca.

Lei avanzò fiera lungo il corridoio, dondolando i fianchi, e depositò educatamente il dono davanti alla cesta. Poi, con un tenero miagolio, invitò Koks a prendere atto dell'omaggio.

Lui prima si mise seduto, poi con crescente interesse allungò il collo divenuto lungo e magro, infine uscì lentamente dalla cesta. Era ancora rigido e goffo nei movimenti ma uscì dalla cesta. Seguì un prolungato struscio di ringraziamento contro il fianco di Muschi, i cui occhi color smeraldo brillavano felici.

Da lì a poco Koks guarì del tutto.

Nel frattempo un problema di tutt'altro genere si stava addensando all'orizzonte nella vita di Lene.

Una mattina a colazione Vicky le domandò con apparente noncuranza: «Come vanno le cose al negozio?»

«Benissimo» rispose Lene soddisfatta.

«E con Heide?»

Lene sorrise indulgente: «Ti farà piacere sapere che mi è diventata indispensabile».

«Sapevo che era la persona giusta per te» rispose Vicky contenta.

Quando erano ormai alla frutta, Vicky annunciò: «Avrei una cosa da dirti, Lene, ma ti prego di prenderla per il verso giusto».

Lene si fermò a metà di un boccone: «Oddio, così di primo mattino... non sarà una cosa spiacevole?»

«Dipende» fece Vicky vaga.

«Forza, parla».

Vicky esordì prudente: «Heide mi ha chiesto di parlarti».

«Heide?» si stupì Lene. «Da quando non mi dice direttamente quello che pensa?»

«Si tratta di una questione delicata».

Lene depose il coltello e la mela.

«Santo cielo, parla, Vicky!»

«Non tenerla sulle spine» disse Berty.

Vicky fece un profondo respiro. «D'accordo. Il fatto è che secondo Heide dovresti assolutamente chiedere ai tuoi di non venire al negozio».

Lene aveva cambiato espressione.

«Sei sicura che sia un'opinione di Heide e non tua? Da quando in qua Heide dice a te una cosa che vorrebbe dire a me?»

«Ti assicuro, la preoccupazione è di Heide» rispose Vicky seria, «benché io la condivida». E gettò un'occhiata al fratello quasi volesse chiedergli man forte.

Lene era impallidita e fissava rabbuiata la tovaglia.

«Non avrei mai il coraggio di dire ai Korsakov una cosa del genere» rispose alla fine, decisa. «Mi sentirei un verme».

«Ma rifletti un attimo» Vicky insisté in tono pratico. «Da un lato il tuo cognome è un deterrente per la clientela ebrea, ma dall'altro qualcuno potrebbe pensare che saresti disposta a fare un'eccezione in quanto figliastra di Jakob...» Si arrestò, sbuffò: «Perché fai quella faccia? Parlo solo per il bene della tua attività!»

A quel punto intervenne Berty, benché fosse già tardi.

«Scusa se mi intrometto» disse cauto, «ma Heide ha ragione. Dovresti cercare di evitare situazioni imbarazzanti, Lene».

«Quali per esempio?»

«Per esempio vederti costretta a dover scegliere».

«Scegliere cosa?»

«Scegliere se gestire Helbert's per una clientela ebrea o ariana».

«Da noi finora non è entrata una sola cliente ebrea» ribatté Lene.

«Ma se capitasse?»

«In qualche modo affronterei la situazione».

«Cosa faresti ad esempio se entrasse la madre di Jakob?» ipotizzò Berty.

Lene sbuffò. «Non esce quasi mai di casa, figurati se va in un negozio di moda...»

«E se entrasse una delle tue cugine?» Berty incalzò.

Lene gettò un'occhiata all'orologio: «Non possiamo continuare la conversazione stasera? Comincia a farsi tardi».

«Rispondi, ti prego». Berty non mollava.

Ma Lene lo fissò perplessa.

«Non avrai seriamente pensato di poter servire indistintamente ariani ed ebrei?» insisté Berty. «Non hai considerato che nessuna cliente ariana, specialmente di classe elevata, metterebbe più piede da Helbert's se sapesse che servite anche donne ebree?»

Lene scrollò le spalle, irritata, decisa a troncare la discussione. «Sono troppo in ritardo!» esclamò. Balzò in piedi, afferrò giacca e borsetta e se ne andò senza salutare.

«È inutile» sospirò Vicky, «da quell'orecchio proprio non vuol sentire. Ma dovrà scegliere prima o poi».

Berty annuì serio. «Sì, dovrà scegliere. E, oltre tutto, io non ho finanziato un'attività per avere complicazioni che rischiano di ripercuotersi sul mio lavoro alla Charité. Lei non potrà servire indistintamente clienti ebree e ariane, è fuori discussione».

Poi anche lui si alzò. «È davvero tardi anche per me. Naturalmente io non ce l'ho personalmente con gli ebrei, ma non si possono più frequentare. Dobbiamo costruirci un futuro, e in Germania il futuro è senza ebrei, ci vuol poco per capirlo».

«Nemmeno io li odio» assicurò Vicky, «ma l'atteggiamento del governo è inequivocabile. Si ha tutto da perdere... volenti o nolenti, non resta che allinearsi».

Si avviarono entrambi verso le loro automobili, in garage. Lene, che non aveva ancora preso la patente, era andata al negozio in metropolitana.

Il dilemma si presentò molto prima del previsto. Era un pomeriggio freddo e nebbioso, sul tardi. Heide stava controllando dall'esterno l'effetto di un abito appena esposto in vetrina, quando Lene vide accostare al marciapiede una Mercedes blu dalla quale scese una signora in pelliccia che puntava dritto verso l'ingresso di Helbert's. Una nuova cliente, si rallegrò Lene. Heide era tornata in negozio appena in tempo per annunciarne l'arrivo, e quando dopo pochi secondi la signora entrò, con piglio sicuro, la accolse con la gentilezza che riservava alle clienti di maggior riguardo.

«Buonasera, signora Schwerin, che piacere vederla da noi, ho parlato spesso di lei alla signora Winterloh. Anzi, se permette, vorrei presentargliela».

Lene e la nuova cliente si strinsero la mano.

«Conosco bene suo suocero» disse la Schwerin, calorosa, «un grande architetto e una persona squisita».

Lene annuì. «Sì, è veramente un uomo speciale».

L'altra si stava già guardando attorno e si soffermò su una splendida collana d'argento massiccio con turchesi a forma di falci di luna, esposta nella vetrina di cristallo del banco.

«Bellissima. Potrei toccarla?» domandò, e Heide si affrettò a toglierla dalla vetrina.

«Turchia?» domandò la signora Schwerin, che chiaramente se ne intendeva.

«Sì, Anatolia orientale» rispose Heide. Era lei a trovare quel tipo di oggetti 'esclusivi' nei suoi frequenti viaggi all'estero. Ma mentre la Schwerin stava ancora ammirando la collana, si aprì la porta ed entrò un'altra cliente, che a tutta prima la Schwerin non notò.

La nuova venuta salutò con un sorriso e cominciò a guardarsi attorno.

«Si tratta di un pezzo unico?» la Schwerin stava chiedendo a Heide, mentre Lene osservava con discrezione la sconosciuta.

Era la prima volta che entrava da Helbert's e Lene

non sapeva chi fosse né a quale categoria sociale appartenesse. Aveva un aspetto curato, indossava un delizioso cappellino e un soprabito di cachemire orlato di volpe grigia, si muoveva lentamente e con innata eleganza. Potrebbe essere la moglie di un professionista, si disse Lene... forse di un medico o docente universitario. La signora Schwerin gettò alla donna uno sguardo casuale e Heide la vide irrigidirsi.

L'altra cliente, avvicinandosi a Lene, domandò con gentilezza: «Potrei provare l'abito nero esposto in vetrina?»

«Certamente» rispose Lene sollecita, «credo proprio che sia della sua misura».

«Buona sera, signora Löwenthal» disse in quel momento la Schwerin, con un tono che sembrava sottintendere un insulto, «anche lei qui?»

La donna si voltò e, riconoscendo evidentemente l'altra, sbiancò.

«Buonasera, signora Schwerin» rispose incerta, lanciando a Lene uno sguardo turbato.

La signora Schwerin restituì a Heide la collana bisbigliandole: «Potrei parlarle un attimo in privato?»

«Naturalmente» fu pronta a rispondere Heide, facendola accomodare in ufficio.

«Non avevo idea» attaccò la Schwerin con voce gelida, appena si fu chiusa la porta, «che qui da voi si servissero anche clienti ebree».

«Ma signora...»

«Tutti parlano così bene del vostro negozio» la interruppe l'altra, «e così, appena possibile, sono venuta a trovarvi, ma confesso di sentirmi a disagio».

Heide si mise sulla difensiva.

«Posso garantirle che qui le clienti ebree di solito non entrano. Lo stesso nome della proprietaria...»

«Mia cara» Heide si sentì mozzare la parola in bocca, «quella cliente là fuori è senza dubbio un'ebrea».

«Ne è certa?»

«Sicurissima. È la moglie di un direttore di giornale epurato dal partito».

«Capisco» mormorò Heide.

«Mi rincresce» l'altra assicurò con voce affettata, «ma cerchi di capire. Io nei negozi non sono abituata a stare accanto a clienti ebree».

«Capisco» ripeté Heide, «è una situazione davvero spiacevole. Ma, la prego di credermi, il fatto di avere aperto da poco non ci consente di conoscere tutte le nostre clienti. Eravamo abbastanza sicure che la figura e il cognome della titolare ci preservassero da sorprese sgradevoli».

La Schwerin sorrise con forzata indulgenza. «Comprendo tutto, mia cara Heide; la posso chiamare così, vero? Ma ciò non toglie che quella donna è un'ebrea! Suo marito, George Löwenthal, dirigeva un giornale socialista. Sembrava che l'unico scopo della sua testata fosse quello di mettere in guardia contro le innovazioni del Cancelliere Hitler!»

Heide annuì, insolitamente turbata e indecisa. «Mi domando solo cosa potrei fare...» disse incerta. «Lei capisce, io non sono la proprietaria e... forse è bene che lei discuta la cosa con la signora Winterloh».

«Buona idea» convenne l'altra, «potrebbe essere così gentile da scomodare la signora? L'attendo qui».

«D'accordo».

Nel negozio Lene stava consegnando l'abito all'altra cliente. Heide le si accostò bisbigliando: «Se non ti dispiace mi occupo io della signora».

Lene le lanciò uno sguardo sorpreso: «C'è qualche problema?»

«Potresti andare un attimo nell'ufficio?»

«È urgente?» chiese Lene. «Hanno telefonato da casa?»

«No, no» la rassicurò Heide, «vai di là solo un secondo».

Nell'ufficio, Lene trovò la signora Schwerin, che la aspettava agitata.

«Mi rincresce davvero, signora Winterloh, ma devo richiamare la sua attenzione su un... diciamo... un particolare che deve esserle sfuggito».

«Oh, mi dica» rispose ignara Lene. «Dica pure, di cosa si tratta?»

L'altra la fissò con i crudeli occhi azzurri: «Mia cara, la cliente che lei sta servendo è un'ebrea e mi creda, io non sono abituata a mischiarmi con quel genere di persone».

Lene sentì la collera riempirle la mente e il cuore, e per qualche istante rimase ammutolita.

«Ne è certa?» domandò alla fine con un tremito nella voce.

«Conosco molto bene quella signora!» rispose la donna con una smorfia di disprezzo. «Si fidi, mia cara».

Lene represse un moto di ripugnanza quasi fisica. Com'era antipatica con quella luce fanatica nello sguardo, con quell'aria di supponente autorevolezza.

«Non mi fraintenda, cara signora Winterloh» proseguì l'altra, più pacata, «io non desidero imporle nulla, è lei la proprietaria di questo splendido negozio, ma purtroppo devo chiederle di scegliere tra quella donna e me».

Lene abbassò lo sguardo perché non vi si leggesse il suo furore. Come osava credere quella donna tracotante, quell'orrida razzista, di poterle imporre una scelta così odiosa?

Ma in effetti, poteva. Era una donna ricca e influente che avrebbe procurato altre clienti della stessa levatura economica e sociale. Se invece Lene avesse scelto l'ebrea, era fin troppo immaginabile cosa sarebbe successo. Semplicemente, la clientela ariana l'avrebbe boicottata.

All'improvviso la Schwerin allungò una mano quasi per darle un buffetto affettuoso sulla guancia. «Su, mia cara, coraggio. Non vorrà rovinare il futuro della sua attività per un momento di sciocco sentimentalismo! La pagherebbe molto cara, mi creda, in commercio i buoni sentimenti sono solo zavorra. Dia ascolto a una donna che ha il doppio dei suoi anni e che ha accumulato una discreta esperienza di vita». E di nuovo Lene sentì sulla guancia quella mano dal tocco quasi intimo e un poco ambiguo, che tuttavia stranamente la quietò. E di colpo, come se quel contatto le avesse anestetizzato la coscienza, i suoi scrupoli si dileguarono, insieme al peso che le opprimeva il petto. «Vuole scusarmi un attimo, signora?» chiese alla Schwerin, e tornò nel negozio, dove trovò Heide ancora con il vestito sul braccio. La signora Löwenthal le gettò un'occhiata timorosa, come se intuisse l'imminenza di qualcosa di spiacevole.

«Mi rincresce moltissimo, signora» esordì Lene faticosamente, «ma non posso venderle questo vestito».

L'altra non rispose ma il suo sguardo sgomentò Lene, che tuttavia proseguì più spedita: «È colpa mia, una svista... il fatto è che alcuni giorni fa una nostra vecchia cliente ha chiesto di vedere questo vestito e me ne sono ricordata solo ora».

«Peccato» rispose la signora Löwenthal; nel blu profondo dei suoi occhi si stava diffondendo un'ombra, come nebbia serale. «Dispiace anche a me».

Indugiò per un momento, il volto ora molto pallido ma dignitoso. «Mio marito» arrischiò poi, «conosce molto bene Jakob Korsakov, erano colleghi, anche se lavoravano in due giornali diversi».

Ecco perché era venuta da Helbert's, si disse Lene; sperava che la figliastra di un ebreo non avesse pregiudizi antisemiti!

«Capisco» rispose Lene, e avrebbe voluto che l'altra non sorridesse con quella mite amabilità, «ma non posso ugualmente venderle questo vestito, sono desolata».

L'aveva detto, Lene sospirò dentro di sé, solo per miracolo era riuscita a formulare quella risposta dura e implacabile.

Il sorriso della donna si spense come l'ultimo bagliore di un tramonto mentre sul volto pallido si diffondeva un'espressione di rammarico. Non vi era traccia di offesa o risentimento, solo rammarico e pena; e la giovane signora Winterloh, non pareva molto contenta di sé.

«Sta bene» concluse la signora Löwenthal in un tono quasi premuroso, «non si preoccupi. Le prometto di risparmiarle altre situazioni imbarazzanti in futuro. Molti auguri per la sua attività. Buonasera». E se ne andò con ammirevole fierezza.

«Maledizione!» Lene sibilò tra i denti, ma Heide si congratulò con lei.

«Brava, te la sei cavata benissimo. Non c'era altra soluzione».

In quel momento la signora Schwerin uscì dal retro e, constatando che la signora Löwenthal non c'era più, fece un sorriso soddisfatto e domandò come se nulla fosse accaduto: «Bene, signore mie, dove eravamo rimaste?»

Quella sera spese una fortuna.

Lene ritornò a casa in preda a un oscuro malessere. Si sentiva vile e meschina. Non aveva tradito solo la signora Löwenthal a favore della boriosa e prepotente razzista Schwerin, ma anche David, Jakob, e soprattutto le sue convinzioni. Aveva ceduto alla logica del profitto e, ciò che era peggio, si era inchinata ai dettami del nuovo potere.

Ma il dado era tratto. Prima di chiudere il negozio Heide, senza che lei protestasse, aveva sistemato nella vetrina accanto all'entrata un cartello: 'La clientela ebraica non è gradita'.

Non molto tempo dopo dovette affrontare una circostanza per qualche verso simile, ma questa volta forse ancora più ingrata.

Quando sua madre aveva sposato Jakob Korsakov, Lene aveva acquisito alcuni cugini e cugine che, come lei, nel frattempo erano diventati adulti, ma a poco a poco i loro rapporti si erano raffreddati. Prima perché Lene, crescendo, aveva preferito restarsene sempre più spesso in villa con Vicky Winterloh anziché seguire Jakob e sua madre (e più tardi David) in casa dei vecchi Korsakov per la festa del sabbath: poi l'avvento del nazismo, l'episodio accaduto nel negozio del signor Simon e il conseguente irrigidimento di Berty nei confronti di tutti gli ebrei avevano determinato un allontanamento ormai quasi irrimediabile. Ma una mattina verso mezzogiorno entrò da Helbert's una cugina acquisita di Lene, Miriam Sara Korsakov.

In quel momento Lene e la sua aiutante erano impegnate con due clienti. Solo Heide notò l'ingresso della ragazza, le si avvicinò e disse gentilmente: «Un attimo di pazienza, signorina, saremo subito da lei».

L'altra accennò a Lene: «Sono la cugina della titolare».

Heide non batté ciglio: «L'avverto subito». Si accostò quindi a Lene e l'avvisò con discrezione: «C'è tua cugina».

Lene si girò e con un sorriso invitò Miriam ad aspettare. L'altra annuì e cominciò a curiosare in giro. Passò qualche minuto. Vedendo che Miriam cominciava a dar segni di irrequietezza, Heide le si accostò di nuovo: «Ancora qualche minuto, ci scusi». Ma con sua sorpresa Miriam rispose, trattenendo a stento la rabbia: «Purché non si tratti di un'ora!»

Heide dominò l'irritazione e replicò pacata: «Non si tratterà certamente di un'ora, signorina».

«Non creda che non abbia capito» protestò l'altra minacciosa.

«Prego?» fece Heide, ormai piuttosto seccata.

«Non faccia la finta tonta!»

Heide non sapeva cosa rispondere, la maleducazione la disarmava. Tuttavia si trattava di una ragazza perbene, vestita con gusto sicuro, dagli splendidi capelli rosso tiziano ed espressivi occhi scuri.

«La prego di restare calma» disse infine Heide, non trovando di meglio, ma Miriam ne aveva abbastanza. «Esigo che qualcuno in questo maledetto buco mi presti attenzione!» gridò sgarbata, «ho visto in vetrina una cintura che vorrei provare».

Lene si scusò con la sua cliente e andò dalla cugina: «Miriam, ti prego di abbassare la voce».

La cliente di Lene si lamentò: «Ho un aereo fra poco».

«Io non abbasso la voce se non mi fate vedere la cintura in vetrina!» strepitò Miriam pestando un piede.

«Non stai facendo una gran bella figura» osservò Lene, ma per tutta risposta Miriam le diede uno spintone in pieno petto.

«Non darti tante arie, cuginetta».

A Lene per un istante mancò il respiro.

«Esci dal mio negozio» sibilò alla fine, attonita.

«Voglio vedere quella cintura!»

«Esci immediatamente dal mio negozio» ripeté Lene, fredda. «Chi credi di essere?»

Miriam la fulminò con uno sguardo carico d'ironia. «Non sono nessuno, sono solo la cugina ebrea ed è per questo che non mi volete servire!» urlò perdendo ogni controllo. «Credi forse che non abbia visto il vostro miserabile cartello in vetrina? Vergogna. Vergogna!»

Lene era ammutolita, ma si fece avanti Heide.

«Senta, è meglio che lei esca subito da questo negozio».

In quel momento la cliente di Lene oltrepassò le tre donne e guadagnò rapidamente l'uscita senza che ci fosse il tempo di trattenerla. La cliente di Heide sembrava invece godersi lo spettacolo.

«Io non esco da qui se non mi avete mostrato la cintura» si agitava Miriam, gli occhi fiammeggianti, «sono o non sono la cugina della titolare?»

«Esci, per favore».

«Hai il coraggio di cacciarmi?»

«Altroché» ribatté Lene, «perché questa è casa mia e in casa mia non si offende». Era ormai profondamente irritata. Non riconosceva più Miriam!

Da bambine lei e Miriam andavano molto d'accordo. C'era fra loro simpatia e una sorta di curiosità, forse perché erano così diverse l'una dall'altra. Lene era bionda e Miriam bruna, una era cristiana e l'altra ebrea, una libera da norme alimentari e l'altra vincolata ai cibi kosher, una santificava la domenica e l'altra il sabato, una aveva il Natale l'altra il Purim...

«Tu non mi cacci, cuginetta, non te lo permetto!» minacciò Miriam e tentò, furibonda, di scagliarsi contro Lene, ma Heide pensò che fosse giunto il momento di reagire e chiamò la guardia.

Si trattava di un servizio di sorveglianza privato a cui ricorrevano i negozianti per tenere alla larga persone sgradite come barboni, mendicanti, zingari, ubriachi e... ebrei.

La guardia allontanò Miriam senza tanti complimenti.

La telefonata giunse verso le otto di sera.

«È tua madre» annunciò la governante tendendole il ricevitore.

«Cosa sarà successo stavolta?» commentò Vicky.

«Sarà per via di Miriam» ipotizzò Lene.

«Non lasciarti avvilire» le consigliò Vicky. «Cosa potevi fare? Chi si crede di essere quella lì?»

«Fra mezz'ora al massimo si cena» avvisò la signora Günther. Lene annuì. «Farò presto».

I suoi la accolsero affettuosi come sempre.

«Lo so che è per Miriam!» disse subito Lene, sulla difensiva. Prima affrontavano l'argomento, meglio era.

«Siediti, cara» la invitò Jakob, pacifico.

«Tua nipote è diventata un'attaccabrighe di prima categoria» sbottò Lene calandosi di traverso su una poltrona.

Lui la guardò con un sorriso tranquillo. «Miriam di solito non è un'attaccabrighe».

«La difendi?» si sdegnò Lene.

«Ascoltami, tesoro».

Lei incrociò le braccia sul petto e sbuffò spazientita, pronta a contraddirlo: «D'accordo, sentiamo la versione di Miriam!»

«Mia nipote» esordì Jakob dopo una breve pausa, «mi ha telefonato pregandomi di dirti che è molto pentita per la scenata nel tuo negozio. Era agitata, piangeva e mi ha implorato di parlarti questa sera stessa altrimenti stanotte non avrebbe dormito».

«Poverina!» commentò Lene sarcastica. «Ma lo sapete che mi ha fatto perdere una cliente importante?»

«Lo so» si affrettò a rispondere Jakob, «mi ha detto anche questo. E non sa perdonarsi la sua reazione sproporzionata».

«Reazione sproporzionata è un eufemismo!»

«C'è una cosa che devi sapere» continuò il patrigno senza contraddirla. «A questo punto è indispensabile che tu lo sappia. Tra noi Korsakov c'era un patto».

«Quale?»

«Di non entrare mai da Helbert's, per non metterti in difficoltà. Perché, cara Lene, visto come si stanno mettendo le cose in questo paese, nessuno dei tuoi parenti si era illuso che tu potessi servire indifferentemente una clientela ariana e una ebrea. Sapevamo che saresti stata costretta a scegliere da che parte stare, e se avessi optato per la clientela ebrea avresti perso quella ariana, con grave danno per la tua piccola impresa. E un'impresa deve realizzare un buon fatturato, non può sopravvivere con una clientela minoritaria. Non è questo il senso del commercio, figlia mia, e tu lo sai, nemmeno se la titolare ha un marito abbiente».

Tacque qualche istante per riprendere fiato.

«Vedi, tesoro» riprese poi nel suo tono accomodante e paterno, «noi Korsakov speriamo di potercene andare da questo paese. Negli Stati Uniti abbiamo lontani parenti disposti a darci una mano. Ma tu devi consolidare la tua attività, che ti renderà libera fisicamente e materialmente. Perciò avevamo deciso di non intralciarti in alcun modo. Per esempio, entrando nel tuo negozio ti avremmo messo a disagio perché forse ti saresti sentita in obbligo di servirci in nome della nostra parentela. Ora comprendi?»

Lene annuì mortificata. «Sì, Jakob, maledizione, ora capisco. È stato il cartello a mandare in bestia Miriam». Quel cartello, nonostante lei, con tutti i Korsakov, avesse spontaneamente deciso di non entrare da Helbert's, ora invece la *obbligava* a non entrare.

«Come sono stata stupida e cieca» riconobbe Lene contrita.

«Non esagerare: hai sbagliato, ma tutti sbagliamo, specialmente da giovani» disse Jutta conciliante; il fatto che la figlia si rendesse conto del proprio errore la rincuorava. E quando Lene dichiarò di voler regalare la famosa cintura a Miriam per il suo prossimo compleanno, l'atmosfera diventò ancora più distesa.

«Miriam mi ha incaricato di dirti che ti chiamerà al negozio per chiederti scusa» concluse Jakob, ma Lene rispose vivace: «No, le telefonerò io. Non è lei che deve chiedere scusa».

In quel momento David mise la testa nel vano della porta e, scorgendo la sorella, subito si ritirò.

«Ehi, David!» lo chiamò Lene. Il fratello si riaffacciò, riluttante.

«Non vuoi salutare tua sorella?» si stupì Lene. «Vieni a darmi un bacio».

David non si mosse. Aggrottando la fronte mormorò: «Tu non ci vuoi più bene» e corse via.

Costernata, Lene volse lo sguardo dalla madre al padre. «Perché fa così?»

La madre sospirò. «Tuo fratello comincia ad avere molti problemi» spiegò. «Si sente tradito».

«Tradito da me?»

«Tradito da tutti» rispose la madre. «Dalla scuola,

dal suo insegnante, dai compagni di classe, da Fritz, da Berty e Vicky e... sì, un po' anche da sua sorella».

«Ma io...» si impennò Lene, ma la madre la interruppe. «Zitta, tesoro, non angustiamoci. E dopo tutto, forse è meglio che tuo fratello cominci a staccarsi da te».

«Che cosa dici?» si ribellò Lene. «Io non voglio che si stacchi da me. Gli voglio bene, è mio fratello!»

«Proverà meno dolore quando un giorno dovrà salutarti» rispose la madre in tono prudente e delicato.

«Quando dovrà salutarmi?» Lene non capiva.

«Quando ce ne andremo dalla Germania» intervenne Jakob. «Abbiamo presentato la richiesta e appena arriveranno i visti espatrieremo».

Lene sbiancò. «Non potete dire sul serio» disse, sentendosi colpita fin dentro l'anima, «non potete lasciarmi sola, andarvene così...» Scoppiò a piangere, smarrita.

«Ma tu non resterai sola» cercò di consolarla Jakob con affetto paterno, «tu qui hai la tua vita e il tuo futuro. Mentre per gli ebrei sarà sempre peggio. Per gli ebrei non c'è più posto né speranza in questo paese».

Lene scosse ostinata la testa. «No, no, non può essere così grave» cercò di sdrammatizzare, cieca, egoista. «Sei troppo pessimista, Jakob!»

Lui cercò di ignorare la leggerezza della figlia e le sorrise con indulgenza. «Che Dio ti ascolti, mia cara» ma in quel momento squillò il telefono. Andò a rispondere Jutta.

«Era Vicky» disse alla figlia, «la cena è servita e tuo marito è appena arrivato».

Con un'espressione quasi di sollievo Lene balzò

dalla poltrona ed esclamò, cambiando umore all'improvviso: «Oh, bene, bene, è arrivato Berty! Devo andare».

Il suo corpo giovane e snello sembrava teso nello sforzo di scuotersi dalle spalle un fardello di tristezza e fastidio. «Devo proprio andare» ripeté, cercando di nascondere anche a se stessa il piacere di potersene tornare in villa e baciando – un po' troppo frettolosamente – la madre su una guancia.

«Ci vediamo presto!» disse a Jakob, che le sorrise affettuoso.

Marito e moglie rimasero ancora per qualche istante a fissare la porta dietro la quale Lene era sparita veloce come il vento. A Jakob rimase sul volto un sorriso dolce e rassegnato.

«L'abbiamo perduta» disse alla moglie, «ma l'importante è che sia felice. Ed è felice, la nostra bambina, potremo partire tranquilli, se Dio vuole».

Wilmersdorf, dicembre 1933

Quando aveva sparato a Koks, Fritz Rauch si convinse di essersi finalmente sbarazzato di un nemico che simbolizzava – anche se lui non lo poteva capire – l'irrazionale odio che provava per i Korsakov, ma in special modo per il suo ex amico David. Ogni giorno aveva quindi atteso con spasmodica impazienza che quel nero gatto 'ebreo' finalmente morisse, e si sentiva tanto sicuro dell'esito fatale che aveva accettato senza battere ciglio la punizione inflittagli dal padre, non già per avere sparato su un gatto, ma per aver sottratto dalla sua adorata collezione una preziosa arma. Oskar Rauch aveva addirittura chiamato un fabbro per dotare l'armadietto di una seconda chiusura, questa volta a prova di bomba.

Passarono i giorni e alla fine fu chiaro che Koks sarebbe sopravvissuto. Fritz schiumava di delusione e di rabbia. La maledetta bestia, secondo il detto popolare, aveva sette vite! Fritz si era dovuto rassegnare, ma in qualche modo doveva sfogarsi e così aveva cominciato a sparare con il suo fucile a pallini su ogni cosa che si muovesse nei dintorni; rane e uccelli, cervi volanti e topolini, e una volta a Mumps, il porcospino che si avvicinava in cucina per ricevere dalla signora Rauch qualche avanzo. Il povero animale rimase gravemente ferito e la mattina dopo lo trovarono immobile, gli occhi vitrei, vicino alla porta della rimessa. La signora Rauch ne fu molto addolorata e per la prima volta chiamò il figlio 'mostro'. Ma il piccolo demonio sghignazzò:

«Cosa sarà mai, era solo uno stupido porcospino. E io li odio, hanno tutte quelle spine per non farsi toccare. Li odio, sono dei vigliacchi. Devono morire. Tutti. Tutti i porcospini!»

All'improvviso, come se davanti a lei si fosse lacerato un velo, la signora Rauch guardò il figlio con altri occhi e fu percorsa da un brivido. Che ne era stato del suo Fritz di nemmeno un anno prima? Che ne era di Wilmersdorf, l'ameno quartiere dove tutti si volevano bene e i ragazzi erano ancora ragazzi? Non diavoli come suo figlio, che faceva la ronda insieme a un'orda di compagni, ingiuriando i clienti che entravano nel bazar dell'ebreo Silbermond, o denunciando le edicole e le librerie che vendevano materiale vietato, o picchiando in cinque un inerme ragazzino ebreo come David Korsakov?

Anche suo marito, il poliziotto Rauch, si era reso conto che nel quartiere non lo salutavano più con il calore e la deferenza di una volta; molti, anzi, vedendolo da lontano, cambiavano addirittura direzione o cercavano di ignorarlo. Che il suo Fritz si facesse valere rientrava perfettamente nel nuovo spirito della nazione: gli abitanti di Wilmersdorf potevano anche storcere il naso, ma prima o poi avrebbero capito che era un lusso cui era meglio rinunciare!

Certo, gli rodeva che il figlio lo trattasse ogni giorno con meno rispetto, ma non osava reagire perché

Fritz minacciava addirittura di fare rapporto alla Direzione generale, di cui lui aveva un sacro terrore. La cosa sarebbe stata riferita alla sede competente del Partito e la sua carriera ne avrebbe potuto soffrire. Era stato promosso di recente, non poteva giocarsi quell'ambito avanzamento. Inoltre il Partito lo avrebbe accusato di disfattismo: opporsi ai nuovi metodi educativi del Reich equivaleva ad alto tradimento. Lui invece era un 'allineato' e doveva restare senza macchia.

A questa conclusione arrivava ogni volta Oskar Rauch dopo una piccola e transitoria crisi di coscienza, e la stessa cosa valeva per la signora Rauch. Erano 'allineati', ormai non c'era scampo. Pazienza.

Una sera Vicky disse distrattamente a Lene: «Indovina chi ho visto oggi al pronto soccorso? Tua madre e Jakob! Avevo accompagnato una studentessa della mia facoltà che si era sentita male». E, vedendo l'espressione allarmata di Lene, aggiunse petulante: «Tranquilla, nessuno dei due grondava sangue».

Lene le gettò uno sguardo disgustato e andò dritta al telefono.

«Cosa fai?» protestò Vicky, «stanno arrivando i primi ospiti!»

Ignorandola, fece il numero di casa Korsakov, ma la linea era muta. Riagganciò pensando che ci fosse un guasto.

Avevano una cena importante e Berty era rientrato presto perché tra gli invitati c'erano anche il suo diretto superiore alla Charité in compagnia della consorte e altri due colleghi con signora.

Durante la cena Lene non osò alzarsi per richiamare casa sua. Poté farlo più tardi, mentre gli ospiti prendevano il caffè nel salone, assistendo all'esibizione di un pianista ingaggiato per la serata. Ma la linea risultò ancora muta: doveva proprio esserci un guasto.

Fu una serata molto piacevole. I colleghi di Berty e le loro mogli erano persone spontanee e simpatiche, in netto contrasto con la combriccola di Vicky e Kurt, come sempre chiassosa e arrogante. Il peggiore di tutti era Kurt, che si divertiva a interrogare gli ospiti sulle loro convinzioni politiche, cosa che, a quanto pareva, seccava moltissimo a Berty.

Quella notte Lene lottò contro l'insonnia; ancora una volta le rimordeva la coscienza perché non vedeva i suoi da molti giorni, e ora non capiva come mai quel dannato telefono era muto. A sua discolpa si ripeteva che il negozio assorbiva le sue giornate, che le sere appartenevano giustamente a Berty, e che inoltre era stato a trovarli l'architetto Winterloh e si era fermato alla villa una settimana, reclamando la compagnia dei figli e della nuora.

La mattina seguente tentò di telefonare ai suoi dal negozio, ma ancora invano. Allora decise di passare da loro durante la pausa a metà giornata.

Trascorse una mattinata inquieta, non vedendo l'ora di raggiungere casa Korsakov, ma appena messo piede nel soggiorno avvertì un'atmosfera di tristezza così opprimente da toglierle il fiato.

Per prima cosa vide la madre con una fasciatura appesa al collo.

«Mamma!» esclamò sgomenta, «che cosa ti è successo?»

«Ah, Lene, tesoro, non ti ho sentita arrivare».

«Allora?»

«È solo un colpo di striscio» cercò di tagliar corto la madre.

«Colpo di striscio di cosa?!»

«Di un... ehm, fucile a pallini» fu l'impacciata risposta.

«Naturalmente di Fritz Rauch!» proruppe Lene stringendo i pugni.

«Calma, calma» intervenne Jakob, «è solo una ferita superficiale».

«Ferita superficiale!» esclamò Lene. «Non capisco perché volete minimizzare una cosa gravissima».

«Semplicemente perché poteva andare peggio» rispose la madre.

«Non ci hai nemmeno salutato, tesoro» disse Jakob, caloroso, cercando di allentare la tensione.

«E per quale motivo avete il telefono scollegato?» chiese Lene ignorando l'affettuoso rimprovero. Cadde un improvviso silenzio che sapeva di disagio. Jakob e la moglie si scambiarono occhiate incerte.

«D'accordo». Dopo un profondo respiro Jakob si decise a parlare: «Il telefono è scollegato da cinque giorni perché...»

«Da cinque giorni?» si stupì Lene. «E per quale motivo?»

Rispose la madre: «Per un motivo molto semplice, tesoro: non avevamo il denaro per pagare la bolletta».

«Cosa!?»

«Hai sentito bene» confermò la madre, «e non fare quella faccia».

«Potevate chiederlo a me» si indignò la figlia.

Ma Jutta scosse lentamente il capo. «Questo è fuori questione».

«Siete troppo orgogliosi, ecco!»

«Forse è vero» riconobbe Jutta. «Ma ora le cose andranno un po' meglio. Jakob ha venduto la casa sul lago».

Lene lanciò al padre uno sguardo sconvolto. «Hai venduto la casa sul lago? Era proprio necessario?»

Jakob annuì. «Sì, cara, era necessario. È un brutto momento e la casetta, ma soprattutto il terreno, ci hanno fatto guadagnare una bella somma».

In quel momento comparve David, seguito da Koks.

«Ehi, fratellino!» esclamò Lene, «vieni a darmi un bacio».

Il ragazzino esitò, con gli occhi bassi.

«Che cosa c'è?» domandò lei.

«Tu non mi vuoi più bene e l'estate prossima non potremo andare al lago, e non potrò nemmeno nuotare in una piscina perché sono vietate agli ebrei. Non potrò più nuotare da nessuna parte, mai più in tutta la mia vita! E il mio insegnante dice che gli ebrei devono andare in America, ma io non voglio. Io sulla nave vomito e sto male. Ho vomitato sul vaporetto del lago König che è una nave piccola e vomiterei per tutto il tempo su una nave grande. Voglio morire. Tutti mi odiano e voglio morire!» E David scappò via singhiozzando.

Lene guardò ammutolita i genitori.

«È molto infelice» disse la madre con profonda tristezza. «E noi siamo impotenti».

«Dovevate proprio venderla, la casa?» tornò a protestare Lene. «Non c'era altra soluzione? Dove andrete ora in vacanza?»

Jutta a questo punto sbottò: «Scendi dalle nuvole, figlia mia, noi viviamo ancora con i piedi per terra!» E, cedendo a una crisi di sconforto, si nascose la faccia tra le mani e scoppiò a piangere. Lene la fissò trasecolata. La sua nuova vita con Berty l'aveva dunque resa sorda e cieca ai problemi della sua famiglia di origine? Problemi reali e oggettivamente angoscianti e demoralizzanti: il licenziamento di Jakob perché ebreo, lo smarrimento di David nel sentirsi esposto alle angherie dei compagni e alle cattiverie dello stesso insegnante, la bieca faida intentata da Fritz Rauch contro tutti i Korsakov, le difficoltà economiche diventate talmente gravi che mancavano i soldi per la bolletta del telefono, e infine la vendita della casetta sul lago, l'ultimo rifugio in grado di garantire alla famigliola e specialmente a David le meritate vacanze...

Provò un brivido improvviso e le parve che quella montagna di problemi le pesasse sulle spalle come un fardello. Nello stesso tempo sentì crescere dentro un senso di ribellione, un istinto di fuga, il desiderio di trovarsi altrove. Di trovarsi dove ormai era la sua vera casa, villa Winterloh, lontana da ansie di sopravvivenza e imbarazzi economici, e dove gli spazi erano ampi e ariosi e non modesti e ristretti come nel giardino e nella casa dei suoi, una casa che in passato aveva amato appassionatamente considerandola la più bella e confortevole del mondo.

A un tratto le sembrò di soffocare, come stretta in

una morsa, e sopraffatta da una crisi di panico si precipitò verso una finestra e la spalancò con mani nervose inspirando a pieni polmoni. Dopo, sentendosi meglio, indugiò con lo sguardo sul giardino spoglio. 'Com'è trascurato' pensò. In passato Jakob lo curava scrupolosamente, sgombrando i sentieri tra le aiuole da terriccio, ramoscelli secchi, erbacce o foglie morte, che ora invece invadevano tutto. Improvvisamente le parve di non poter resistere un attimo di più, e pur rimproverandosi la sua insofferenza, cercò un pretesto per potersi congedare. Fortunatamente ricordò che l'architetto Winterloh sarebbe partito di lì a poco con un volo dall'aeroporto di Tempelhof e che lei doveva correre a salutarlo. Con quella provvidenziale scappatoia se ne andò, promettendo a Jakob e alla madre che sarebbe tornata prima della riapertura del negozio. Giunta nell'atrio della villa respirò profondamente con una sensazione di sollievo.

Un giorno David tardò a rientrare da scuola gettando nell'ansia i genitori; ormai vivevano nella preoccupazione perenne che qualcuno lo maltrattasse. Infine lo videro comparire a testa bassa. Aveva un'aria cupa.

La madre lo strinse fra le braccia.

«Cos'è successo stavolta, amore mio?»

Ma il ragazzo si svincolò con un gesto di fastidio. «Lasciami!» sbottò con insolita durezza. Aveva un occhio pesto.

I genitori si lanciarono un'occhiata d'intesa e senza insistere oltre si misero a tavola.

David mangiò con inconsueta avidità, ingoiando il cibo quasi senza masticare e inevitabilmente poi si sentì male. Solo nel tardo pomeriggio raccontò quel che gli era successo.

Tornando da scuola aveva fatto il giro più lungo per visitare il centro sportivo Hubertus. Là, in un lungo corridoio tappezzato di fotografie di campioni, aveva incontrato un ragazzone in tuta che gli aveva chiesto: «Cerchi qualcuno?»

«Io sono un ragazzo ebreo» rispose David con aria di sfida.

L'altro strabuzzò gli occhi: «È uno scherzo, vero?»

«No!» assicurò David.

«Cosa dici, idiota? Se fossi davvero ebreo non saresti mai entrato in questa palestra! Non hai visto il cartello?»

«Sì».

«Cosa dice il cartello?»

«Ingresso vietato agli ebrei» rispose David prontamente.

L'altro aggrottò le sopracciglia: «E affermi ancora di essere un ragazzo ebreo?»

«Sì, sono un ragazzo ebreo».

«Io penso invece che tu mi voglia provocare!»

«No, non è così» replicò David.

L'altro lo squadrò disorientato.

«Ascoltami bene» disse alla fine in tono minaccioso. «Non sopporto che un moccioso si prenda gioco di me».

«Non mi prendo gioco di te» ribadì David, composto.

«Benissimo. Allora facciamo così. Ora tu mi ripeterai la seguente frase: 'Io sono uno sporco ebreo'».

David esitò, e alla fine rispose: «Io sono uno sp... io sono davvero un ragazzo ebreo».

L'altro diventò viola in faccia e imprecò: «Piccolo idiota! L'hai voluto tu». Lo aggredì gettandolo a terra e picchiandolo di santa ragione, poi lo rimise in piedi e lo spedì fuori dalla palestra a calci.
«Così impari, sporco ebreo!» gli gridò alle spalle.

Jutta non riusciva ad addormentarsi.
«Perché ha fatto di tutto per farsi malmenare da quel ragazzo?» domandò nel buio con voce angosciata.
«Per una specie di volontà di punirsi» spiegò Jakob, anche lui insonne, «per controllare un intollerabile disagio».
«Cioè?» domandò lei, angustiata.
«Cioè nostro figlio ha cominciato a perdere l'autostima, la coscienza del proprio valore. Vede che i ragazzi ariani del quartiere lo evitano, che l'insegnante lo discrimina, che in pratica chiunque può maltrattarlo impunemente. Così si sta convincendo che ha effettivamente qualcosa che non va, che in fondo merita di essere punito. Sono molto preoccupato. Penso che dovremo portarlo da uno specialista in psicologia infantile».
«Oh Jakob, è terribile. È per questo che l'altro giorno ha provocato il postino fin quasi a farsi allungare un ceffone? E che ha rubato delle mele facendosi rincorrere dal fruttivendolo e beccandosi un paio di scapaccioni?»
«Sì, è per questo» confermò Jakob, cupo.
«Non c'è modo per fargli capire che non ha nulla che non va?»
«Ci ho provato tante volte, ma è talmente difficile... Come si può spiegare l'antisemitismo a un ra-

gazzo? Si possono elencare le origini e le tipologie dell'antisemitismo e del razzismo in generale, ma come giustificarlo? Non si può. Come posso spiegare a David il motivo per cui Fritz Rauch lo odia e il suo insegnante lo discrimina? È il sentimento che non si riesce a spiegare, il sentimento razzista e antisemita. Nessun essere umano nasce razzista, il razzismo va inculcato nei giovani, va istillato come un veleno, come un male contagioso. È per questo che Fritz Rauch in fondo merita qualche attenuante».

«Ah, Jakob» sospirò Jutta, «sono preoccupata per nostro figlio; cosa possiamo fare?» Ma senza attendere risposta si alzò e si infilò la vestaglia.

«Dove vai?»

«Scendo in cucina a prepararmi una tisana».

La bevvero insieme, la tisana, in soggiorno, con il monotono ticchettio della pendola che ritmava il trascorrere della notte.

«Se solo arrivasse il permesso d'espatrio» disse Jutta dopo un lungo silenzio.

«Sei sicura di volerlo?» domandò il marito. «Vuoi davvero abbandonare la tua patria?»

La moglie rispose senza esitazione: «Sì, Jakob, lo voglio anche se amo moltissimo il mio paese. Qui sono nata, ma qui...» Si interruppe un attimo, con un nodo alla gola. «Qui in Germania non c'è più futuro per te e David, amore mio, e nemmeno per il piccolo. L'unica soluzione è andarcene».

Jakob le lanciò uno sguardo perplesso: «Quale piccolo, Jutta?»

«Il nuovo piccolo Korsakov» rispose lei con dolcezza.

Jakob balzò dalla poltrona. «Non vorrai dire che...»

Lei allungò le mani sui braccioli e rispose con un sorriso quasi timido: «Sì, amore mio, è in arrivo un altro bambino».

Il marito la guardò ammutolito. «Sembri diventato di sale, povero caro» rise lei, «hai cambiato colore».

«Ma... ne sei sicura?»

«Sì, ormai ne sono assolutamente sicura».

Jakob si mise in ginocchio davanti alla moglie e la contemplò incredulo: «Davvero... avremo un altro bambino?»

«Sì, amore».

«Ma tu... Dio mio, hai quarant'anni...»

«E con questo?»

«Non è pericoloso?»

«Ma no!» fece lei con un gesto che respingeva anche solo l'idea, «andrà tutto bene perché io *voglio* che vada tutto bene. Continuerò a pregare il buon Dio che il piccolo nasca in terra libera, che non debba mai subire quello che abbiamo patito noi. Ne morirei. Oh, Jakob, promettimi che farai di tutto per sollecitare i visti d'espatrio!»

Il marito le posò il capo in grembo e così rimasero, silenziosi, ad assaporare lunghi momenti di tenerezza. Infine, rialzando la testa, Jakob disse in tono ottimista: «Lo sai, fortunatamente mi sono rimasti un paio di amici fedeli, anche se sono ariani e vicini al governo. Mi hanno assicurato che faranno di tutto per accelerare le nostre pratiche. Probabilmente presto potremo andarcene».

«Sì, nascerà in terra libera» mormorò la moglie con un sorriso fiducioso, «me lo sento, Jakob!»

Durante la ricreazione Fritz Rauch e la sua banda avevano accerchiato David, e dopo i soliti sfottii, calci e pugni, Fritz gli aveva detto sprezzante: «Naturalmente nemmeno te ne sei accorto, imbecille, ma la mia Muschi aspetta i gattini».

David lo guardò ammutolito.

«Ti ha forse colpito un fulmine?» Fritz Rauch lo beffeggiò. Stava mangiando un grosso panino imbottito e di tanto in tanto ne estraeva una fetta di salame addentandola con ingordigia.

«I... gattini?» David riuscì a balbettare.

«I-gatt-ttini?» gli fece il verso Fritz Rauch. «Sì, i gattini, idiota!» Il resto della banda litaniava in coro: «I gattini, idiota! I gattini, idiota!». Poi Fritz li zittì per investire David: «Adesso apri le orecchie, Korsakov, aprile bene. Perché se i gattini della mia Muschi saranno neri mi vedrò costretto a giustiziare il tuo maledetto Koks!» E godendo dello sguardo inorridito di David rincarò la dose: «Tu sai cosa intendo, vero?»

David taceva, paralizzato dal terrore.

«Lo ucciderò» precisò Fritz Rauch con cinica freddezza. «Lo ucciderò perché non meriterebbe più di vivere. Se ha ingravidato la mia Muschi deve morire, perché l'ha fatto apposta, per contaminare il sangue della mia Muschi! Lei ha il pelo chiaro e gli occhi azzurri, è una gatta ariana, mentre il tuo gatto ha il pelo nero e gli occhi color zolfo. Sei avvertito, David Korsakov. E ora sparisci, la tua vista mi dà noia».

David tornò a casa in preda all'angoscia. Pioveva a dirotto ma non aveva indossato l'impermeabile, infradiciandosi fino alle ossa.

«Muschi aspetta i gattini e Fritz Rauch ha detto che se saranno neri ucciderà Koks perché ha voluto contaminare il sangue ariano della sua gatta» gridava ai suoi genitori, e tremava.

Jutta gli levò i vestiti bagnati. «Prenderai una polmonite» protestò. «Quanto a Koks, nessuno lo ucciderà, tesoro, te lo garantisco. Te lo dice tua madre, amore mio, e puoi crederci».

«Ma gli ha sparato già una volta» David singhiozzò, «lo farà ancora. Lo farà ancora!»

«Questa volta non glielo permetteremo» intervenne il padre. «Te lo prometto, figlio mio. Ti do la mia parola d'onore». E pensava alla stupidità di Fritz Rauch, all'oscuro incantesimo di cui era vittima inconsapevole. Quella sua povera coscienza fuorviata, il terribile abbaglio, la fosca seduzione. Il germe del Male era spuntato in fretta: Muschi, la gatta ariana... Che follia.

Nei giorni che seguirono, ignari di costituire un nuovo motivo di preoccupazione per i Korsakov, Koks e Muschi continuarono imperterriti a darsi convegno sul muretto; sembravano due sposini che attendessero contenti il lieto evento.

Si stava avvicinando un altro Natale, ma nulla sarebbe stato come l'anno passato. David e Fritz non erano più amici e non si sarebbero più gettati palle di neve strillando felici. E non avrebbero più costruito insieme pupazzi ai quali nonna Rauch avrebbe contribuito con una carota per il naso, pezzi di carbone per occhi e bocca e un magnifico cappello floscio del suo defunto marito Gustav Roderich.

Tutto sarebbe stato diverso. Anche il paese ormai era diverso, come se fosse stato ribaltato da un terremoto. Un terremoto che aveva messo a soqquadro ogni cosa, usi e costumi, leggi e sentimenti, vizi e virtù. Ciò che un tempo era vizio ora era virtù, i buoni erano diventati cattivi, i coraggiosi codardi, i sinceri dei benemeriti bugiardi e molti si erano venduti l'anima per un posto di lavoro o una bella promozione.

Sì, tutto sarebbe stato diverso. Lene avrebbe trascorso le feste natalizie alla villa, passando solo per rapidi auguri da casa Korsakov, e David avrebbe potuto ammirare l'enorme abete addobbato e illuminato dei Winterloh solo da lontano. Mentre a Jutta e Jakob sarebbe rimasta la speranza più amara: che nel 1934 arrivassero i visti per l'espatrio.

Fritz Rauch uscì con aria spavalda dal suo cancello per dirigersi con passo marziale verso la casa dei Korsakov. Il suo volto ancora acerbo era una maschera di implacabile minaccia, lo sguardo duro, la bocca serrata come – immaginava – le bocche dei grandi condottieri. Anche lui voleva diventare un grande condottiero, anzi un Führer, come il suo idolo. Un idolo coi baffetti.

Indossava l'uniforme della Jungvolk, che lo faceva sentire importante, gli dava sicurezza. La gente doveva avere paura di lui e molti infatti lo temevano. Non era forse diventato in poco tempo un vero soldato che non avrebbe sfigurato su un autentico campo di battaglia? Non era forse capace di leggere una carta geografica con una infallibile stima delle distanze? Non era forse in grado di montare in tempo record una tenda militare e di orientarsi perfettamente su un terreno sconosciuto perfino di notte? E non era forse stato già due volte promosso per essersi distinto alla Jungvolk per audacia e resistenza nelle esercitazioni? Cos'era in confronto David Korsakov, quell'essere inferiore? Con queste maligne considerazioni, pigiò deciso il campanello.

Jutta si affacciò sotto il portichetto in preda al batticuore; i suoi nervi erano diventati fragili e si aspettava sempre cattive notizie. Quando riconobbe Fritz si irrigidì.

«Che cosa vuoi?» domandò tuttavia con voce alta e chiara, avvolgendosi strettamente nello scialle di lana; non doveva prendere freddo, nel suo stato.

«C'è suo figlio?» strillò Fritz Rauch oltre il cancello.

«No!» rispose la donna con un senso di amaro fastidio. Cosa voleva quel diavolo da David? Cosa voleva ancora?

«Devo dirgli una cosa!» l'altro annunciò in tono bellicoso.

La donna fece alcuni passi avanti. «Puoi dirlo a me».

«Ma poi glielo riferirà?»

«Certamente».

«Allora gli dica che la mia Muschi sta per fare i gattini. L'ha detto il veterinario».

Cominciava a nevicare, con minuscoli fiocchi leggiadri.

«E gli dica anche» aggiunse Fritz con perfidia, «che 'nel caso' manterrò la mia parola».

Jutta avanzò fino al cancello e lo aprì.

«Quale caso?» domandò preoccupata.

«Suo figlio lo sa!» fu la secca risposta.

«Dillo anche a me» fece l'altra, sostenendo lo sguardo duro e fanatico di Fritz.

Lui storse la bocca. «Se i gattini saranno neri dovrò uccidere il vostro maledetto gatto ebreo».

«Ma non potremmo parlarne un momento?»

«Quel che dovevo dire l'ho già detto!» sbottò cattivo il ragazzo. «Non potrei sopportare che la mia gatta avesse i gattini da un gatto ebreo! Ne va del suo onore, e anche del mio. Perciò, se sarà necessario, lo ucciderò».

Jutta contemplò sgomenta quel volto acerbo, segnato da poche rughe precoci che contrastavano con l'acne giovanile sulla fronte e le guance.

Non poteva crederci. Questo estraneo, questo piccolo fanatico patetico al quale avevano riempito la testa di slogan deliranti su onore e cameratismo, educandolo all'odio razziale, era davvero lo stesso ragazzo che una volta mangiava così volentieri i suoi dolci, che si divertiva per ore e ore con David nella capanna sull'albero, che per amicizia aveva rinunciato al corso di ginnastica dopo che il suo migliore amico era stato espulso dalla palestra?

«Ti sembra giusto venire qui a pronunciare minacce di morte, Fritz?» domandò accorata.

Lui si offese. «Non ho mica minacciato un essere umano! È solo un gatto. Un odioso gatto ebreo».

«E non è una creatura di Dio?»

«Dio?!» L'altro fece un ghigno sprezzante. «Roba per vecchi rincoglioniti».

Jutta era rimasta per un momento senza fiato, ma

cercò di riprendersi. «Senti, Fritz» provò a dire, «questo discorso su Dio... vorrei spiegarti...»

«Non cerchi di farmi la predica!» interruppe lui minaccioso.

«Non intendo farti la predica, ci terrei solo che tu capissi...»

«Lei non mi prende sul serio» la aggredì iroso, «lo sa che alla Jungvolk ho già avuto due promozioni?»

«Ah, bravo».

«*Ah, bravo!*» Fritz si incollerì. «Lei non sa nemmeno cosa significa venire promosso alla Jungvolk!»

Quasi tremava, gonfio di boria.

«Già» aggiunse beffardo, «e come potrebbe capire? Suo figlio non ha il diritto di entrare alla Jungvolk, perciò lei non sa niente. Niente di ciò che sono adesso».

Basta, si disse Jutta, è tutto inutile. Inutile prendere freddo per un ragazzino abbagliato e ottuso. Stava per entrare, ma lui le strillò alle spalle: «Almeno sa che faccio la ronda nel quartiere? La gente ha paura di me, lo sa?»

Jutta si voltò, annuì tristemente e di nuovo fece per tornare in casa.

«Ho beccato anche suo marito!» gridò Fritz, maligno.

Fu costretta a girarsi di nuovo: «Cosa vuoi dire?»

«Un giorno gli abbiamo impedito di entrare in una cartoleria».

«E perché?»

«Perché lui deve comprare solo nelle cartolerie giudee!»

Jutta ringraziò il cielo che Jakob non fosse presente. Il contegno di Fritz avrebbe potuto fargli perdere il controllo, con conseguenze inimmaginabili. Jakob era buono e paziente, ma quando gli saltavano i nervi non guardava tanto per il sottile. Sarebbe stato capace di mettere le mani addosso al piccolo invasato.

«Addio, Fritz» mormorò Jutta, «che Dio ti protegga». Ma lui non la lasciava ancora andare.

«E lo dica a suo figlio: se i gattini sono neri ucciderò il vostro schifoso gatto nero ebreo!»

Jutta chiuse il cancello e rientrò in giardino. Ma mentre stava raggiungendo la porta di casa sentì l'altro gridare: «Dimenticavo: se decido di uccidere Koks sceglierò la lapidazione!»

Jutta si fermò con un brivido, si girò, ritornò al cancello: «Ti rendi conto di ciò che hai appena detto, Fritz Rauch?»

Lui la fissò, beffardo: «Certo che me ne rendo conto, non sono mica uno che parla a vanvera! E lo sa perché ho scelto la lapidazione? Perché muoiono lentamente, soffrendo e squittendo come maialini!»

La donna deglutì con un fremito di impotente orrore.

«Non voglio sentire altro!» disse con labbra esangui e voce tremante, ma Fritz la canzonò crudelmente: «Finalmente ha perso la calma! Ma sa una cosa? Spero quasi che i gattini siano neri, così potremo lapidare il vostro gatto ebreo. Il piano è già pronto fin nei minimi particolari. Prima lo catturiamo, poi lo chiudiamo in un solaio. Oh, è un solaio lontano e isolato e nessuno saprà nulla, proprio nessuno. E là lo liberiamo e lo lapidiamo. Sarà uno spasso...» Ridacchiò malvagio. «Che spasso! E quando sarà finalmente morto lo depositeremo davanti alla vostra porta. Proprio così. Di notte. E non dubiti delle mie parole!»

I suoi occhi erano sbarrati e lucidi come se avesse la febbre, le pupille aggressive e minuscole come capocchie di spillo.

«Vai via...» ansimò Frau Jutta, «vai via, Fritz Rauch». E di nuovo si avviò con passo stanco lungo il vialetto.

«Lo dica a suo figlio!» le gridò ancora dietro il ragazzo, «e non pensate che stia scherzando!»

E mentre la donna varcava la soglia di casa sua, svuotata e gelata fin dentro l'anima, l'altro continuava a gridare: «Lo lapideremo, quel gatto ebreo! Se ha disonorato la mia Muschi dovrà morire. Morirà come un traditore. La mia Muschi è bionda e ariana e quel diavolo è nero ed ebreo e se ha infamato la mia gatta morirà strillando come un maiale! Lo giuro. Lo giuro!»

Quando sentì approssimarsi il parto, Muschi fuggì da casa Rauch per appartarsi in un vecchio garage isolato e in disuso. Fritz la cercò per mari e monti, ma non la trovò.

Lei partorì molti gattini, ma non riuscì a espellere l'ultimo. Rimase per due giorni con il piccolo nel ventre, poi morì.

Quando, dopo lunghe ricerche, Fritz Rauch alla fine la trovò, anche i gattini neonati erano ormai morti.

Erano tutti neri.

Wilmersdorf, vigilia di Natale 1933

Jutta stava dando al figlio le solite raccomandazioni: «Fai attenzione al traffico, non accettare provocazioni e ritorna subito a casa».

«Sì, mamma...» sbuffava il ragazzino, quando con la punta delle scarpe sfiorò qualcosa di molle.

Incuriosito si curvò a guardare, e fu scosso da un violento sussulto; il sangue gli salì alla testa e defluì rapidamente, dandogli il capogiro.

A tutta prima sembrava un mucchietto di velluto nero abbandonato con noncuranza sul gradino. David capì subito. E Jutta gemette, sbiancò, vacillò. Fritz Rauch, il maledetto, aveva dunque compiuto la sua vendetta.

La creatura che cresceva dentro di lei scalciò nervosa e Jutta carezzò il ventre per calmarla mentre lacrime rabbiose le solcavano le guance.

David sembrava in trance, i gesti lenti, l'espressione spenta.

La madre, angosciata, cercò di prenderlo fra le braccia; ma lui si divincolò e con una tenerezza che stringeva il cuore tornò a chinarsi per raccogliere i resti del suo povero amico. Un velo di nudo terrore aveva invetriato gli occhi del disgraziato animale, il pelo e la bocca erano incrostati di sangue. Serrandolo al petto, David rientrò in casa rigido come un automa.

La madre si soffermò ancora sotto il portichetto, incredula, inorridita. Poi anche lei rientrò. «Jakob!» chiamò con voce soffocata.

Il marito si affacciò alla porta della cucina. «Buon Dio, Jutta, mi hai spaventato! Cosa succede?»

«David...» gemette lei.

«David cosa?»

Jutta, incapace di proferire parola, poté solo indicare la scala, e senza insistere con altre domande, il marito si precipitò al piano di sopra. Ma trovò la camera del figlio chiusa dall'interno. «David, apri!» chiamò. «Apri subito, David, sono papà!» Non ricevette risposta.

Senza perdersi d'animo ridiscese, uscì nel giardino, andò a prendere nel capanno degli attrezzi una scala allungabile, la accostò al muro esterno della casa e salito alla finestra di David ne forzò l'apertura.

Il figlio, seduto contro la porta, impietrito, cullava assente il suo povero Koks.

Jakob si chinò sul ragazzo, parlandogli con dolcezza, ma David sembrava non sentirlo. Continuava a cullare Koks, con occhi privi di espressione. Jutta bussava allarmata alla porta.

«Un momento!» rispose Jakob con voce roca. Prese fra le braccia il figlio, col suo povero Koks stretto al cuore, e li adagiò entrambi sul letto. Infine andò ad aprire la porta.

La moglie, bianca come il latte, gli si abbandonò fra le braccia.

«Oh, Jakob... che cosa tremenda».

Lui la strinse teneramente: «Non agitarti, pensa al bambino».

«Ma è orribile» mormorò lei annientata, scoppiando in un pianto convulso.

Quando si fu un po' calmata, Jakob tentò di sciogliere il cadavere del gatto dalla stretta del figlio, ma ragazzo e animale sembravano saldati indissolubilmente.

«È meglio chiamare il medico» decise Jakob.

Il dottor Steinbach, che per caso si trovava nelle vicinanze, arrivò presto e praticò a David un'iniezione.

«Si rilasserà» disse, «e poi si addormenterà. Lo sguardo fisso e il corpo rigido sono sintomi di un forte choc. Ma non è nulla di grave, si riprenderà».

«David era incredibilmente legato al suo gatto» gli disse Jutta prendendolo in disparte, «c'è la possibilità che rimanga traumatizzato?»

Il medico le rivolse un sorriso rassicurante.

«Cara amica, la psiche di un ragazzo è delicata, ma anche elastica. Col tempo il dolore si placherà e al momento giusto potrà accettare un nuovo gatto. Abbia fiducia».

Vegliarono il figlio finché lo videro rilassarsi. Lo sguardo si fece più vivo, la voce chiara, benché debole: «Dov'è Lene?» domandò a un certo punto, ma non sembrava ricordare la tragedia di Koks.

«Fra poco ti verrà a trovare» gli rispose la madre amorevolmente, «perché intanto non cerchi di dormire un po'?»

«Sono malato?» mormorò incerto.

«Sì, tesoro, hai un po' di febbre» rispose Jakob.

«Vado a telefonare al negozio» bisbigliò Jutta.

Rispose Heide. «La signora al momento è impegnata, mi dispiace».

«Può dirle di chiamare a casa appena può?»

«Quale casa?» domandò l'altra, dispettosa.

«Casa Korsakov» rispose la signora Jutta con voce sommessa.

Passò mezzogiorno e il pomeriggio scivolò verso una cinerea e piovigginosa serata.

David trascorse la giornata dormendo e Jakob seppellì Koks nel giardino.

Lene non richiamò: attendevano molti ospiti per il banchetto della vigilia e doveva pensare a tante cose.

All'ora di cena Jakob disse alla moglie: «Devi mangiare qualcosa, Jutta, pensa al tuo stato».

«Non ho fame» rispose lei abbattuta.

«Devi sforzarti, il piccolo deve nutrirsi».

La moglie sospirò.

«D'accordo, preparerò qualcosa. Mi fai compagnia?»

«Sì» rispose il marito, «ma anch'io non ho appetito».

«Mentre preparo, perché non vai su a vedere se va tutto bene?» propose la moglie.

«D'accordo».

Il ragazzo dormiva. Jakob lo baciò teneramente sulla fronte. «Ti voglio bene, figliolo. La tua mamma e il tuo papà ti vogliono tanto bene».

Tornato in cucina riferì: «Dorme, sembra tranquillo».

Verso le otto Jutta chiamò in villa. Rispose Vicky,

con una voce petulante e frettolosa. «Abbiamo una cena importante» disse, «non è un buon momento, signora».

«È urgente» rispose Jutta, «mi passi mia figlia, per favore».

Vicky sospirò. «Ora non posso, mi dispiace».

«Allora le dica di chiamare appena ha un attimo di tempo».

«D'accordo» rispose Vicky e riagganciò. Ma Lene non chiamò.

Quando la pendola annunciò le nove, Jutta ritelefonò. Questa volta le passarono la figlia.

In sottofondo si sentiva un vivace brusio e le note di *Stille Nacht*. Lene aveva il fiatone.

«Mamma, hai chiamato nel momento più sbagliato!» esclamò nervosa, «è appena arrivata la macchina del ministro. Ti devo proprio lasciare, domani passo per gli auguri di Natale». E aveva già riagganciato.

Con un'espressione sgomenta la donna si voltò verso il marito: «Non poteva parlare, era appena arrivato il ministro».

Jakob la prese fra le braccia.

«La felicità certe volte assorda» disse, pacato. «Teniamoci stretti noi».

Ma all'improvviso Jutta si staccò esclamando turbata: «Con tutto questo trambusto ho dimenticato di preparare le stelle di cannella! A David piacciono tanto».

«Non vorrai metterti a farle adesso?» protestò Jakob, ma la moglie era già sparita.

Più tardi, mentre i vetri della cucina si appannavano per il caldo della stufa, fuori cominciò a nevicare. Grandi fiocchi scendevano solenni imbiancando a poco a poco i tetti delle tre case allineate come le perle di una collana: a sinistra quella del poliziotto Rauch, a destra l'elegante villa dell'architetto Winterloh e nel mezzo la graziosa costruzione vagamente Jugenstil del giornalista Korsakov.

Epilogo

1934: I Korsakov riescono a emigrare negli Stati Uniti stabilendosi a Boston. In estate nasce il figlio di Jakob e Jutta, Nathan.

1936: Nonno Simon insieme ai figli apre a Boston un negozio di alimenti kosher.

Jakob pubblica con un editore di New York un libro che gli darà notorietà e sicurezza economica.

1939: Kurt, che ha sposato Vicky, muore durante l'invasione della Polonia.

Berty Winterloh viene esonerato dal servizio militare perché considerato indispensabile in patria.

1940: L'architetto Winterloh muore in seguito a un infarto.

1943: Villa Winterloh viene danneggiata da una bomba, ma non crolla. Alla fine della guerra sarà requisita prima dai russi e poi dagli americani. Berty, Vicky, Lene e la vecchia governante dovranno sistemarsi in due stanze dell'ala nord.

Oskar Rauch viene fatto prigioniero durante la battaglia per Kiev vinta dai sovietici. Tornerà in patria nel 1951.

1944: Casa Rauch viene ridotta in macerie. Fritz

Rauch muore sul campo durante l'offensiva sovietica in Ucraina. La madre di Fritz e nonna Rauch sopravvivono alla guerra.

1948: Lene e Berty hanno due gemelle.

1953: David Korsakov è sposato con un'americana di Filadelfia, ha due figli maschi e fa l'avvocato.

Nathan Korsakov comincia a studiare Lettere e Storia contemporanea alla Freie Universität di Berlino. Conosce Berty e la sorellastra Lene.

1954: Esce l'ultimo libro di Jakob Korsakov dedicato alla 'Cara Germania' che né lui né la moglie hanno mai dimenticato.

Pete Hamill

NEVE IN AGOSTO

Romanzo

« Michael Devlin si svegliò nel buio della sua stanza. Minuscole perle argentate luccicavano tra le ombre azzurre. Dal letto vedeva una sorta di pallore che si irradiava da dietro gli scuri, e lame di dura luce. Rimase sotto le coperte, lasciando che gli occhi gli si riempissero di quell'oscurità luminosa. Una luce santa pensò. La luce di Fatima. O del giardino dell'Eden. O dei luoghi magici dei libri di fiabe. [...] Alzò gli scuri della cucina ed ebbe un tuffo al cuore. Ecco l'origine di quella luce. Neve ».

Nella luce surreale di un mattino d'inverno, sotto una violenta bufera di neve che investe i casermoni popolari di Brooklyn, Michael Devlin, un ragazzino irlandese di undici anni, incontra per caso un rabbino di Praga, che diventa in poco tempo il suo migliore amico.

In perfetto equilibrio sul filo che separa fantasia e realtà, Pete Hamill racconta la storia di una ricca e delicata amicizia, evocando con forza l'intensità delle gioie, dei dolori e dei misteri della giovinezza, e lo straordinario potere delle parole. Ma contro la pericolosa spirale di intolleranza e di violenza che rischia di avviluppare e soffocare l'amicizia, i sogni e la vita stessa, le parole non bastano, ci vuole un miracolo: la neve d'agosto, il Grande Silenzio Bianco.

Salani Editore

Daniella Carmi

SE PROVI A CONTARE LE STELLE

Romanzo

Un messaggio di pace e tolleranza sullo sfondo del conflitto più lungo e complesso della storia recente. Un inno alla curiosità e alla fantasia dei bambini, in grado di superare con forza dirompente ogni barriera ideologica.

Samir è un bambino palestinese: vive nei territori occupati e ha perso il fratellino Fadi, ucciso dai soldati israeliani. Quando gli dicono che deve essere ricoverato in un ospedale 'nemico' per un'operazione al ginocchio farebbe qualsiasi cosa pur di evitarlo, ma non ha scelta. In ospedale si troverà circondato da bambini della sua età, tutti ebrei, fra cui Jonathan, appassionato di astronomia. Sarà lui a svelargli un mondo diverso, fatto di pianeti e di galassie da esplorare, e gli farà capire che la guerra non può impedire che due bambini diventino amici.

Salani Editore

Helga Schneider

ROSEL E LA STRANA FAMIGLIA DEL SIGNOR KREUTZBERG

Romanzo

È una ragazzina bellissima. Purtroppo. Perché Rosel è figlia unica di madre vedova, nella Germania degli anni Trenta. La mamma lavora dal signor Kreutzberg, un uomo temuto dai dipendenti ma dolce e gentile con Rosel. Secondo la mamma, troppo gentile. Ed è anche un uomo molto potente: quando la donna cerca di allontanarlo dalla figlia, lui usa ogni mezzo pur di continuare a frequentarla, e riesce persino a strapparla alla madre e a farla rinchiudere in un centro statale per l'infanzia abbandonata. Un luogo orribile, dove si pratica l''arianizzazione forzata' dei bambini: « Ora ascoltami bene, cara ragazza... tu sei cresciuta come un ramo sghembo, e per poterti drizzare dobbiamo prima spezzarti ».

Un romanzo avventuroso, vivace, pieno di colpi di scena; in cui alla realtà si intreccia un elemento fiabesco, a mitigarne gli orrori e ad aprire alla speranza.

Salani Editore

Uri Orlev

CORRI RAGAZZO, CORRI

Romanzo

Una fuga senza fine. Solo per salvarsi la vita a tratti, per prendere respiro. Un bambino di otto anni, fuggito dal ghetto di Varsavia, passa da un gruppo di ragazzi alla macchia, a case di contadini protettivi o malvagi e delatori, a soldati tedeschi spietati o umani; dorme sugli alberi, nelle tombe e, a forza di nasconderlo, arriva a dimenticare di essere ebreo. « Ti ordino di sopravvivere » gli aveva detto il padre prima di venire ucciso. E, per avere forza di seguire quell'ordine, il ragazzo è costretto di cancellare il ricordo del suo passato.
In Israele, dove oggi vive e insegna, Yoram Friedman ha raccontato la sua storia – perché questa è una storia vera – che Uri Orlev ha ascoltato dalla sua voce e scritto con commozione e intensa partecipazione.

Salani Editore

Fred Uhlman

TRILOGIA DEL RITORNO
L'amico ritrovato
Un'anima non vile
Niente resurrezioni, per favore

Romanzo

« Mi sentivo prima tedesco, poi ebreo ». In questa frase piena di rimpianto è racchiuso il fascino dei tre romanzi brevi di Fred Uhlman, nati dalla tragedia di chi, disperatamente innamorato della Germania e della sua cultura, nel 1933 se ne vide improvvisamente allontanato in nome di una motivazione aberrante come quella razziale. Nella *Trilogia del ritorno*, con una scrittura di grande sobrietà, Fred Uhlman ha dettato la condanna di una delle pagine più agghiaccianti della nostra storia, creando tre gioielli di prosa che si illuminano vicendevolmente e riuscendo a trarre una musica semplice e malinconica dalla tragedia di un'intera civiltà.

« Uno dei libri più densi e più puri sugli anni del nazismo in Germania ».

Le Monde

Salani Editore

Finito di stampare
nel mese di maggio 2011
per conto della Adriano Salani Editore S.p.A.
da Grafica Veneta S.p.A. Trebaseleghe (PD)
Printed in Italy